画僧月僊足跡録

桃屋乗平

文芸社

凡そ二百三十年前。桜井雪館や円山応挙が一流と評した画才をもちながら、世間から金の虫と蔑まれても強欲に画料を求めつづけた画僧が伊勢にいた。
だが、世間の悪評を聞き流し、画を描き続ける胸の内には、師に諭された困窮する人々を救うために描くという崇高な想いが秘められていたのだ。

桃屋乗平

目次

時節は処暑も過ぎ、白露を迎えて残暑も収まりつつあった。

朝の読経を済ませたわしは、雲ひとつない空を見上げながら、ひとり境内に佇んでおった。

この寺に来て三年余り。

日々禅を修し、書に親しみながら、落ちついた日々を過ごしてきたが、秋の訪れを告げるような爽やかな風が、時の流れの早さをしみじみ思わせたのじゃ。

あの日からやがて三十年の月日が過ぎ去ったのか、と独り言のように呟くと、幼き日から今日までの日々が去来して、心のなかに刻まれている出来事が、一つひとつ浮かびあがってくるではないか。

すると、それはいっとき、わしの歩んできた道を留め直すように振り返らせたのじゃった。

浄土宗円輪寺、関通上人に託される

一

あれは七つになって間もない、睦月《むつき》十日の昼下がりのことじゃ。

店先の空き地に、棒きれの先で画を描いて遊んでおったが、そこに見知らぬご僧侶が歩いてこられた。

気にとめることもなく遊んでおったわしに、ご僧侶は声をかけてこられた。

「おまえも七つになったそうじゃな」

突然の言葉に驚いて、なんと応《こた》えたらよいのか言葉が浮かばず、ただ黙ってお顔を眺めておると、ご僧侶は口元をほころばせながら、

「なかなか利発そうな子じゃのう」

と、頭に手を置いて、わしの眼をしばらく見つめておられたが、来訪の気配を知った父親が慌てて出迎えた。

父親はご僧侶を店に招き入れると、上がり框《かまち》に腰かけてなにか話し込んでいたようじゃ。時折、笑い声が聞こえたが、ふたりがどんな話をしているのか考えもせず、わしは画遊びをつづけておった。

四半刻（三十分）ほどたったころ話を終えたのじゃろう。ご僧侶が店を出てこられると、もう一度わしの前に立って笑顔で話された。

「楽しみに待っておるぞ」

待っておる、という言葉の意味など考えもせず、夕餉を済ませたわしは、絵草子を見て遊んでおったが、父親に呼ばれて前に座ると、

「今日お越しになったお人は、円輪寺《えんりんじ》というお寺の偉いお坊さんで、関通《かんつう》上人というお方や。実は前からお願いしとったことがあってな。そのことで今日はお越しいただいたんや」

「…………」

黙って聞いていたわしに、父親は言葉をつないだ。

「願いというのはな、おまえをお寺に預かってもろうて、お坊さんの修行をさせてもらうことやったんやが、今日はそのことを引き受けてくださる返事をもってこられたんや」

「ええっ、なんで……」

いったいどういうことなのか。突然の話を、皆目理解できずにいるわしに父親は、

「急な話でびっくりしたようやが、この店の跡取りは兄さんにさせるのが決まっとる。弟のおまえは正月元旦に生まれためでたい子やから、お寺で修行してお坊さんになったらこの家が益々繁盛するに違いない。しっかり修行して立派なお坊さんになるんや」

「…………」

そう告げられたわしには話の訳が分からず、しばらく俯《うつむ》いておったが、味噌醤油を商う家業が益々繁盛するという父親の言葉と、横に座って黙って微笑む母親の顔を見ていると、幼いながらもうなずくほかなかった。

当時の那古野《なごや》は仏教の盛んな土地柄で、一子出家して仏縁を得れば先祖も子孫も魂が救われ、後代の繁栄も約束されると信じられており、二男、三男を仏門に帰依《きえ》させることがあたりまえのように考えられていたようじゃ。

我が家もそれに倣《なろ》うてわしを出家させたら、九族天《きゅうぞくてん》に生《しょう》ずと信じて出家させることにしたのじゃろう。

それから五日が過ぎた。

雲におおわれた底冷えのきつい朝じゃった。

見送る母親を何度も振り返りながら、霜の降りた冷たい道を、父親に伴われて歩きはじめたが、肩に掛けた小さな葛籠《つづら》には、身のまわりの仕度のなかに強請《ねだ》っておいた筆と墨、そして小さな硯《すずり》があった。叶うことなら画を楽しみたいと考えておったからのう。

じゃが、幼いわしの胸に大きな不安を抱きながらの足取りは重たく、つい滞《とどこお》りがちじゃったが、その度《たび》に父親は足を止め、急《せ》かすこともなく黙って待っていてくれた。

やがて地袋町（現・名古屋市中区錦）の浄土宗円輪寺《えんりんじ》に到着すると、関通《かんつう》上人さまは、

「おお、来たか。待っておったぞ」

「どうぞよろしゅうお頼み申します」

上人さまに、深々と頭を下げる父親に促《うなが》され、

「お頼みします……」

と、小声で囁きながら頭を下げたわしを、そっと抱き寄せた父親は、耳元に小声で口にした。

「ええか。和尚さんの教えをしっかり聞いて修行に励むんやぞ」

その言葉にわしは黙ってうなずいたが、瞼にはうっすら涙が滲んでおったのを覚えておる。

その日がわしの坊主としてのはじまりじゃった。

二

関通上人さまに託されたわしは、間をおくことなく薙髪《ちはつ》して、諱《いみな》玄瑞《げんずい》を授けていただいた。

仏門に入ると、すぐに仏餉《ぶっしょう》、茶湯の世話、掃除などのほか、習経と習字が課せられたが、習経は重ねて教わることなどなかった。

また、習字は手半学といわれ、学問の半分とみなされておったから、長時間が当てられたが、画を描くことを楽しみにしておったわしは、その余墨でよく画を描いた。

厨《くりや》に隣接する三畳間を与えられ、独り夜を過ごしたが、淋しさを覚えることはなかった。いつも絵筆が友であり、反古紙《ほごかみ》に描く画は仏道修行の辛さを慰めてくれたのじゃ。

はじめは襖絵《ふすまえ》などを模写《もしゃ》しておったが、やがて花鳥、風景などを描くようになった。

あれは宵五ツ（午後八時）を過ぎた或る夜のことじゃった。

掃除の仕方を厳しく叱責《しっせき》されたその日の夜。昼間の叱責で、わしが沈んでいないかと心配された関通さまが、わしの様子をうかがいに部屋を覗きに来られたが、わしは無心に絵筆をとっておった。

関通さまに気付いたわしは、あわてて筆を止めたが、多少画の心得のおありだった関通さまはその画を眼にされると、

「うむ。なかなかのもんじゃな。上手《じょうず》に描くではないか」

突然の言葉に返す言葉など浮かばず、黙っておったが、

「画を描くことが楽しいようじゃな。描いてよいぞ」

「ありがとうございます」

「うむ。じゃが、修行を怠ってはならんぞ」

画を眼にされた関通さまから、修行に差し障りのない限り、描くことをお許しいただいたのじゃ。

三

時が移って宝暦六年（一七五六）となった。

修行の合間に画を描く日々を重ねながら、十六歳になったわしは、師の関通さまに得度《とくど》の式を挙げていただき、父母兄弟、親戚との俗縁を絶って仏弟子となることを誓った。

得度し僧籍に入ったからには、当然修行も一段と厳粛になったが、習画への意欲はそれまでに増して強まっていった。

そのために修行を怠ったわけではないが、画を描くことを何より楽しみにしておるわしの様子を見た関通さまは、このままでは修行の妨げになりかねない、とお考えになられたのじゃろう。或る日、わしに厳しく申し付けられた。

「よいか玄瑞。画は余技でこそあれ、仏道修行の本道でないことは承知しておろうが。じゃが、そなたは本道を疎《おろそ》かにして余技に励むとは言語道断じゃ。それでは仏道修行も覚《おぼ》束《つか》ぬ。今日から画を描くこと断じてまかりならん」

突然命じられた言葉にわしは驚いた。

決して修行を怠っているつもりなどなかったが、関通さまの眼に映る自分には、非があったのだと思い深くお詫びして、そのお言葉に従って習画を断つことを誓った。

じゃが、その誓いは幾日も保てなかった。

(自分は仏道修行の身、絵筆を捨てて仏道修行に励むことこそが勤めなのだ)

そう自分に言い聞かせ、画を忘れようと努めたが、気持ちが落ち着くことはなかった。

頭のなかでは、習画の想いが絶えず浮かんでは消え、消えては浮かぶ日々がつづいた。

当然仏道修行にも身が入らず、気持ちはいつも浮遊しておった。

描きたい、描かずにいられない。誓いと作画の狭間に葛藤しながらも、想いを断ち切ることができずにいたわしは、一日の勤めを終えた関通さまが寝静まる四ツ半（午後十一時）を待って、秘かに絵筆を執った。

（関通さまに見つかったら破門じゃろうか…）

そんな心配とは裏腹に、作画の意欲は益々高まっていった。

また、描くたびに技量が向上していくことは喜びでもあった。

隠れて描いた画稿を、秘かに押し入れの隅に溜めておく日々がしばらくつづいたが、それは発覚してしまうことの恐れと、隠れて描くことの後ろめたさのつきまとう日々でもあった。

あれは、風のない穏やかな春の日のことじゃった。

わしは関通さまに使いを命じられて寺を留守にした。

運悪くその折、探しものをされておった関通さまが、押し入れをあけると隠しておいた画稿が眼に留まってしもうたのじゃ。

「玄瑞め。隠れて画を描いておったのか。許さん」

偶然画を眼にされた関通さまはお怒りになり、画を破り捨てようとされたようじゃが、幾枚もの作画をご覧になると、飛躍的に向上している技量に気付かれたのじゃろうか。

「うーむ。よう描けておるわい。知らぬあいだに上達しておるではないか。描くことを禁じておいたが、わしの見る目が間違っておったやもしれん……」

かつて、わしに作画を厳しく禁じたことを取り下げ、画を描くことを許そうと思われたようじゃ。

（画を描くことが巧みになれば、その画が衆生済度《しゅじょうさいど》の方便《ほうべん》となるやもしれんのう……）

そう考えられた関通さまは、間もなく何も知らずに戻ったわしを部屋に呼ばれた。

何ごとかと気がかりなまま、不安げに関通さまの前に座ると、静かに告げられた。

「玄瑞よ。そなたが隠れて画を描いておったことは決して許されるものではない。じゃが、そなたの画の技量をわしは見誤ったようじゃ。今日から画を描くことを許そう。じゃが描く以上は修行を積み、衆生済度の方便となるよう心がけるのじゃ」

秘かに描いていたことが明るみに出たことを知って詫びようしたが、関通さまは手を振ってさらに言葉をつがれた。

「言い訳はいらぬ。描いてよい。それだけじゃ」

その言葉を聞いたわしの膝の上においた手の甲は、滴《しずく》のように落ちる涙で濡れておったのを覚えておる……。

先のことなど知る由《よし》もなく、仏道修行とともに自由に画を描ける僧になりたい、と漠然と考えておったが、画を衆生済度の方便となるよう心がけよと諭《さと》されたのじゃ。

思うまま好きに描いてきた画を、人びとの苦難、困窮を救うための手段として役立つよう努めよとのお言葉は、未熟なわしに重い責務を与え、習画に取り組む姿勢を改めて覚悟させたのじゃ。

（仏道修行に励むことは勿論じゃが、さしたる目的もなく描きたい、描きたいという想いだけで筆を執ってきたが、今日からは心して画の修行に励まねば……）

わしはおのれに言い聞かせたが、今想えば衆生済度の方便となるよう心がけよ、と諭された関通さまのお言葉は、若輩者のわしが歩むべき道の糧《かて》となった。

三縁山増上寺に掛錫

一

画才を認めていただき作画を許されたわしは、師の関通さまの支援と合わせて、生家からの支援も受け、紙や筆をはじめ作画に必要な用具を新しく買い揃え、本格的に習画をはじめた。

するとその技量は、関通さまにも感心していただけるほど、日に日に進歩していった。

(もっと描きたい。もっと上手《うま》くなりたい)

常にそう考えながら、わしは絵筆を手にしておったが、あるとき突然筆が止まってしもうた。

円輪寺を訪れたある檀家が持参した軸の画を、偶然眼にしたわしはその画に衝撃を受けてしもうたのじゃ。

わしにとって画を描くことが何より自分を見つめることのできる時間じゃったが、その画に比べてわしの画は、遊戯《ゆげ》であったことに気付いてしもうたのじゃ。

（どなたが描かれたものとは知らぬが、画の技量が違いすぎる。とても及ばぬわ……）

独学ですすめてきた作画じゃったが、このまますすめても関通さまのお言葉に応《こた》える画は描けまいと思うた。

じゃが、わしにはその先の手段が浮かばず、悶々としておった。

（所詮《しょせん》独りよがりの自己満足。これ以上描き続けてもよい画は描けまい……）

心に穴があいてしまったことはわかっておったが、その穴を埋める手段が浮かばないまま絵筆を執《と》らず、ただ黙然と過ごす日々が続いた。

それでは駄目だとわかっておったが、どうすることもできぬもどかしさに、気持ちは塞ぎ込むばかりじゃった。

そんなわしの、暗く沈んだ様子に気付かれた関通さまは、とても心配されておったようじゃ。

（どこまで伸びるか楽しみにしておったが、どうやら行き詰まったようじゃな。さて、これをどう打ち破らせばよいものかのう）

わしの画才に気付き、その可能性に期待をかけていただいておっただけに、このままではその才を無にしてしまうと考えられて、しばらく思案されておられたようじゃ。

（そうじゃ。玄瑞を江戸に行かせてやろう。仏道修行とともに画も詩も存分に学ばせて、才を活かしてやろうではないか）

関通さまはかつて行脚《あんぎゃ》の途上、三縁山増上寺《さんえんざんぞうじょうじ》にしばし滞在された誼《よしみ》から、さっそくわしの修行滞在を、法主さまに願い出る便りをしたためてくださった。

（玄瑞に画才があることは伝えておいたが、法主は受けてくれるじゃろうか……）

少し気を揉みながら送られた便りじゃったが、間もなくお受けいただく旨の便りが届いたと、笑顔でわしに話してくださった。

関通さまの計らいで、増上寺で修行できるという望外の成り行きに、わしは大いに喜んだ。うれしかった。ありがたかった。じゃが心の隅には一抹の不安も漂っておった。

そんなわしを見た関通さまはおっしゃった。

「玄瑞よ。おのれを見失うことなく、見知らぬ土地で見知らぬ世のなかを見てまいれ。なによりもそなたの行く末に大いに役立つはずじゃ」

そのお言葉は、画を学ぶための心得としてお伝えくださったのじゃろう。不安気なわしの背中を押してくださるようなお言葉じゃった。

「ありがとうございます。いただいたお言葉の通り精進いたします」

すると、関通さまは優しくうなずかれ、言葉をつがれた。

「よいか玄瑞。わしはそなたに画を衆生済度の方便となるよう心がけよと諭《さと》したが、そのもととなるのは仏道修行に精進し、僧としておのれを高めることが肝要じゃ。そうすればおのずと画の技量も高まろうぞ」

「はい。心して勤めさせていただきます」

そうお応《こた》えしたわしは、心のなかに仏弟子として生き、画を世の人びとを救済する手段とするために、習画に勤しむ覚悟を刻みつけたのじゃった。

二

増上寺までおよそ八十三里の道のりと聞かされておったが、わしにはその長さなど実感できず、ただ、江戸の地ではじまる日々に想いを馳せる日々が過ぎていった。

宝暦《ほうれき》七年（一七五七）睦月《むつき》。

十七歳となったわしが、円輪寺を旅立つ日の朝五ツ（八時）、寒空から静かに降りけむる雨が、北に望む金の鯱《しゃちほこ》をいただいて聳え立つ天守閣を包んでおった。

はじめて旅に出るわしを見送ってくださる関通さまは、山門の内に立ち止まり、

「よいか玄瑞、修行は辛いものではないぞ。楽しむものじゃ。決してうしろを振りむくでない。心して励めよ」

関通さまのお言葉を、一語一語うなずきながら聞き終えたわしは、

「温かきお言葉。玄瑞心に留めて励まさせていただきます。今日までお育ていただきましたこと、生涯忘れません。まことにありがとうございました」

「うむ。身体には気をつけるのじゃぞ」

「はい。行って参ります」

関通さまに別れを告げて、意気揚々と旅立ったわしが、教えられた道を南に向かって歩きはじめると、間もなく鳴海の宿で東海道へと入った。

三河国、池鯉鮒宿《ちりゅうじゅく》（現・知立市）を過ぎ、やがて矢矧川《やはぎがわ》（現・矢作川）に架かる川橋に来ると、橋上を行き交う旅人や、町家の人びとの姿を眼にしたわしは、はたと立ちどまってしもうた。

（うーむ。なんとも長い立派な橋が架かっておる）

唸るように呟きながら、橋のたもとで道行く人に訊ねてみると、この橋は街道一の長い橋で、二〇八間（約三七九メートル）もあると聞き、驚きもしたが、同時に今までわしが見聞きしてきた世間が、いかに狭かったかと思い知らされる気がした。

（ふうむ……。これから江戸に向かう旅が、いくたびこんな驚きを伝えてくれるのじゃろうか……）

そんな期待を胸に今切の渡しで浜名湖を越え、天竜川を渡り、小夜《さよ》の中山から大井川、そして宇津の谷峠へとつづく旅は、眼にする景観の一つひとつが胸をときめかせてくれた。それがわしの感性を育んでくれたやも知れん。

泊まりを重ねながら、見るもの聞くものに感心もし、また驚きを覚える道中じゃった。やがて旅は富士の山や三保松原《みほのまつばら》などの景観を眼にして、幾枚かの画をしたためながら凡《およ》そ八十三里を経た七日のち、江戸の雑踏にまぎれながら品川宿へと着いた。

増上寺の四十六世法主、妙誉《みょうよ》定月《じょうげつ》大僧正さまは、伊勢二見は今一色のご出身であられたが、今想えばのちにわしが伊勢の地に住持することになるなど、互いに思いも寄らぬことじゃったのう。

関東浄土宗の本山で、徳川将軍家の菩提寺である三縁山広度院《さんえんざんこうどいん》増上寺の夥《おびただ》しい子院や堂宇、そして本堂の南北に整然と樹木がひろがる境内を眼にしたわしは、驚きと敬いの想いを抱いたのを覚えておる。

（ありがたいことじゃ。これほど立派な寺院で修行に励むことができるとは……）

熱い想いを抱いて学寮に入ったわしは、日々の勤行《ごんぎょう》のほか講師について宗旨の教義や歴史の宗乗《しゅうじょう》と、他宗の教義や歴史の餘乗《よじょう》を学ぶ日々を過ごした。

円輪寺で過ごした日々との違いにも慣れ、やがて落ち着いて修行に励むことができるようになったわしは、念願の画を学ばせてもらうことを学頭さまに願い出ることにした。

「拙僧は円輪寺の関通上人さまのもとで、修行の傍《かたわ》ら画を学んでまいりました。ここに幾枚かの画を持参しております」

「どれどれ、ふうむ。よく描けておるではないか」

「拙僧が江戸にまいりましたのは、仏道修行は勿論のこと、合わせて画を学ぶことでございます」

「うむ。そのことは関通さまより耳にしておる」

「できますれば法主さまに、その旨の伺いをお立ていただけないでしょうか」

「はて、どうしたものかのう」

「決して仏道修行の妨げになるようなことはいたしません。なにとぞお願いいいたします」

「うーむ、そうか。よかろう。ならば拙僧から法主さまにお伺いしてみようぞ」

「よろしくお取りはからいくださいますようお願い申します」

期待を込めたその願いは、間をおかず学頭から法主さまに伺いが立てられた。

「法主さま。円輪寺の関通さまのご依頼で預かりました玄瑞でございますが、画を学ぶお許しを願いたいと申しております」

「うむ、そうか。玄瑞はそれなりに画才のある逸材だと関通どのから聞いてはおる。はて、どれほどのものじゃろう。どれ、一枚見たいものじゃ」

その言葉に安堵した学頭さまは、

「玄瑞。法主さまがそなたの画を見てみたいとおっしゃっておる。さっそくお目にかかってまいれ」

「ありがたきお言葉。ではさっそくに」

お許しをいただいたわしは、旅の道中の所見を描いた幾枚かの画を携えて、法主さまの座に上がった。

「どうじゃ玄瑞、学寮での日々には慣れ親しんだようじゃな。関通どのより聞き及んでおったが、そなた画の才があるそうじゃな。どれ、見せてみよ」

お言葉に恐縮しながらも、わしは持参した幾枚かの画をお見せした。

すると法主さまは、その画に非凡さを見られたようじゃったが、師を持たない独習の筆の運びには未熟さも見て取られたのじゃろう。

「玄瑞。そなたの画の才は認めようぞ。じゃがまだまだ未熟じゃ」

「仰せの通り私の画は、まだ遊戯《ゆげ》そのものに過ぎないと存じております」

「うむ。ゆえに関通どのも、そなたを江戸で学ばせようと腐心されたことは存じておる」

「はい。師のありがたいお心遣いのおかげで、このお寺で修行させていただくことができましたが、拙僧の画を衆生済度の方便とせよと賜った、師のお言葉に沿える技量を習得させていただくために、ぜひ学びとうございます」

「ふーむ、そうか……。ならば今見た画からそなたの画風を想うに、桜井雪館どのに師事するのがよかろう。さっそく入門を取り計らいいただきますようお願い申し上げます」

「ありがたきお言葉。何卒よろしくお取り計らいいただきますようお願い申し上げます」

「うむ。そこでじゃ玄瑞。そなたの画の励みに、わしの妙誉定月から一字を授けて、月僊《げっせん》という号を与えようではないか」

思いがけない法主さまのお言葉に、わしは一瞬呆気にとられたが、ひと呼吸おいたのち、

「重ね重ねありがたきお言葉。玄瑞その名を穢《けが》さぬよう精進してまいります」

わしは感謝と覚悟の言葉を述べたが、このときも画に対する責の重さを身にしみて覚えたのじゃ。

法主さまがお授けくださった僊の文字は、優れた才を持つ人物と讃《たた》えられるよう精進せよ、との意を込めてお与えてくださったのじゃろうと思うておる。

以後、わしは画の落款に授けられた月僊を用いることにした。

すると、やがて人からも月僊と呼ばれるようになっていったのじゃ。

三

大僧正のお計らいで、自らを雪舟十二世と称した、桜井雪館さまのもとへ入門したのは、如月《きさらぎ》も望月《もちづき》（新暦四月五日）を過ぎて、桜の花も散りはじめたころじゃった。

過日、学頭さまからの依頼で、わしの入門を承諾してくださった雪館さまは申された。

「我が門に学ぶものも数多《あまた》おるが、そのものたちの画を意識することなく、自らの画風を習得するようお努めなされ」

その言葉は、わしの修行の励みともなった。

仏道修行の傍《かたわ》ら、画を学ぶ充実した日々を送りはじめて間もない或る日。

雪館さまのお描きになった一枚の人物画を眼にしたわしは、衝撃を受けてしもうた。

（うーむ、なんという押しの強さじゃ。描かれている目に、見る者を威圧するような力強さと美しさが込められておる。この筆遣いもひとつの画風として身につけたいものじゃ）

かねてより、おのれの画の筆致に広がりのなさを痛切に感じていたわしは、その画に雪館さまから学ぶべき指針を得た思いがした。

また、あるとき雪館さまの山水画を眼にしたわしは、

(素朴でありながら、豪放なこの筆遣いを真似ることからはじめよう。自らの筆致の広がりを探すためにはそれが基になるはずじゃ)

そう考えたわしは、反古紙に幾枚も雪館さまの筆致を学ぼうと、筆法を真似た筆遣いを重ねた。

(うーむ。ようやく画の礎となる筆遣いがわかってきた)

そこでわしは、雪館さまにその筆遣いの評を問うてみた。

「月僊どの。画を志す多くの者は基礎となる筆法を学ぼうとせず、作画に腐心するあまり人の心に届く画を描けずにいるが、よくぞそなたは画を描くための根本からはじめられた。ならば、雪舟さまの流れをくむ私なりに確立した筆法を、そなたに説くことにしよう」

「仰せのとおり拙僧も、我流で作画を続けておるなかで行き詰まってしまったのです。入門させていただき、雪館さまの画をいくつか拝見するなかで気付いたことでございます」

「ははは。わたしが説く筆法が、そなたの画の進歩に役立てば何よりじゃ。精進なされ」

ありがたいお言葉をいただき、雪舟流の画法を継ぐ雪館さまのもとで、習画と画風の形

成に精力を注いだわしの技量が、日を追うごとに高まっていくのが喜びでもあった。

のちに雪館さまは、わしを最も有力な高弟の一人に挙げられたと聞くが、わしの技量をお認めていただいていたようじゃ。

やがて、日々習画に励むわしの画の評判を耳にして、揮毫を乞う人の存在も次第に顕著になっていった。

また、大僧正さまのお気遣いもあって、幕府の要人をはじめ文人墨客《ぶんじんぼっかく》など、多くの人々と深く交わる機会を得ると、わしの画は大いに評価され、その名を広く馳せることに結び付いていった。

じゃが、そんな評価にそぐわぬ、おのれの未熟さを自認しておったわしは、名が技量を過ぎることを自戒しながら、決して自惚《うぬぼ》れまいと自分に言い聞かせておった。

（名が独り歩きしておる。それに甘んじてはならぬ。人の評価に見合う技量には、まだまだ遠い…）

四

入門して六年余りを経たわしは、画の技量が足踏みをしているようで、ときに焦燥の思いに駆られながら絵筆を手にしておったが、さらに技量を高めるための道筋を探してもおった。

（法主さまの加護を受けながら、このままこの地に安住していては、これ以上の進歩はないじゃろう。師の雪館さまから学ぶべきものは学ばせていただいた。じゃが師を超えることはできまい。いかに精進したとて雪館写しの画風でしかない。画を衆生済度の方便とするためには、まだまだ学ばねばならぬ）

そんな焦る想いを引きずるような日々をつづけながら、わしは思いあぐねておった。

夏の暑さが、あざ笑うように照り付ける或る日の昼下がりのことじゃ。

境内の日影に佇んでおると、その様子に気付かれた学頭さまが近づいてこられた。

「玄瑞、なにをしておるのじゃ」

「いえ、なんでもありませぬ」

「いや、なにか迷うておるのではないか。そなたの顔はそうゆうておるぞ」

「…………」

「学頭のわしの責として見逃すわけにはまいらぬ。申してみよ」

「…………」

「ふーむ。画に迷いでもあるのか。それはそなたの向学心ゆえのことではないのか」

「……学頭さま。仰せのとおり拙僧は迷うております。雪館さまのもとで学ばせていただいてまいりましたが、関通さまの教えに沿うために、さらに学ばなければと考えておるのでございますが、その道が見つかりませぬ」

「うーむ。そうか……。画の見識など持たぬ拙僧じゃが、伝え聞く話に、京の都にはまだお若いが円山応挙《まるやまおうきょ》と申される画人がおみえじゃそうじゃ。写生に新風の筆を執ると評判のお方と耳にしたことがある」

学頭さまが口にされた写生という言葉に、わしは探していた道の糸口があるような気がした。

（京には写生の新風を唱える、円山応挙という画人がお見えになるとのこと。叶うならこの御仁について学びたい）

じゃが、江戸を離れ京に上洛すれば、大僧正さまの気遣い、心遣いに感謝しても余りある御恩に背くことになりかねない。

心を痛め、迷いに迷う日がつづいた。

（うーむ。ここで躊躇《ちゅうちょ》していてどうするのじゃ。このままでは、衆生済度の方便とせよと諭された、関通さまのお言葉に応《こた》えることはできまい）

わしは迷いを断ち切り、意を決して法主さまに許しを乞いに上がった。

「拙僧の仏道修行、さらに習画にと法主さまの数々のお心遣い、誠にありがたく存じております。雪館さまに入門させていただきましたおかげで、画の技量も少しはお認めいただけるようになってまいりました」

「うむ。そなたの評判は常々耳にしておるぞ」

「しかし、まだまだ未熟……………。つきましてはさらに多くを学びたく、上洛いたしますことをお許し願いとう存じます」

その言葉に法主さまは、わしの目をじっと見つめておられたが、ややあってうなずかれた。

「うーむ、そうか。まことと惜しいことじゃが、そなたのさらなる練磨《れんま》のためならやむを得んな。画道探求のための上洛とあれば、知恩院貫主の檀誉貞現大僧正《だんよていげんだいそうじょう》に、わしからも願いでておこう」

「拙僧の身勝手な申し出に願ってもないお言葉。まことにありがたく存じます」

身勝手なことじゃが、わしは増上寺の学寮での決まりごとに縛られ、ともすると窮屈な日々を送ってもおった。

じゃが法主さまの了承を得たことで、そんな制約からも解放され、京に暮らせば自由に行動できることにも安堵した。

（上洛すれば居を構えよう。誰に気兼ねすることなく暮らし、習画に励みたい）

大僧正さまのお許しとともに、京での修行の手配をいただいたわしが、江戸の暮らしに別れを告げ上洛したのは、宝暦から明和へと改元された明和元年（一七六四）、二十四歳のときじゃった。

円山応挙に師事する

一

蜩《ひぐらし》の鳴きはじめる立秋を迎えて、吹く風に秋の気配を覚える穏やかに晴れた朝。

京へと旅立つわしを、法主さまと学頭さまは見送りに出てくださった。

「わざわざのお手間、恐縮でございます。七年ものあいだ手厚くお世話をいただき、玄瑞幸せでございました。まことにありがたく、厚く御礼申し上げます。御恩は生涯忘れませんん」

「うむ。気をつけて参れよ。貞現どのによろしく伝えてくれ」

「たまには文でもよこせよ」

そんなお二人の言葉に口元をほころばせながら、わしは感謝の思いを込めて深々と頭を下げた。

「はい、承知いたしました。これより上洛させていただきます」

期待に胸を膨らませ、江戸の町をあとにしたわしは、京に上る途中那古野《なごや》に立ち寄った。円輪寺の関通上人さまをお訪ねしたのじゃ。

「おお、よう参られた」

顔中を笑みくずしながらお迎えいただいた関通さまに、

「お久しゅうございます。お変わりなきご様子、玄瑞うれしゅうございます」

「わしもそなたの江戸での評判は耳にしておるぞ。なによりじゃ、なによりじゃ」

互いに再会を喜び、円輪寺で過ごした修行の日々の出来事を、懐かしく語り合うひと時を過ごすなかで、わしは関通さまにお伝えした。

「此度《こたび》、増上寺法主さまのお許しをいただき、さらに画を学びたく上洛いたすこととなりました」

「ほう、さようか。江戸を離れたのじゃな。それもよいではないか。じゃが、わしが申したこと、決して忘れるでないぞ」

「はい、玄瑞肝に銘じてございます」

「よしよし、それでよい。じゃが人間というものは、なかなか思うようにはいかないものじゃ。それゆえ決して焦らず修行に励めよ」

「はい。精進いたします」

そう応《こた》えて辞去しようとするわしを追うように、関通さまはあえてひとこと申された。

「よいか玄瑞。もうひとつ忠告しておこう。人はどれだけ著名になったとしても、おのれの背中を見ることはできぬものじゃ。自信と慢心の差は紙一重、決して自惚れるでないぞ」

わしはその言葉を、自分の心に刻み込むように聞き取らせていただいた。

「はい。貴重なご忠告ありがとうございます」

笑顔でうなずく師の顔をじっと見つめながら、

「決して忘れません。重重肝に銘じて精進いたします」

と、重ねて口にし、関通さまのご尊顔に別れを告げたのじゃ。


円輪寺を辞したわしは、その足で生家を訪ねた。

両親と、兄ら家族の息災を祈る想いで描きあげた、菩提達磨《ぼだいだるま》の画を届け、久しく会えなかった父母のもとで、ひと夜幼き日々を懐かしむように過ごした。

翌朝目覚めると、炊きたての白米と、幼いころに慣れ親しんだ大根の味噌汁、それに母が大事にしていた糠床の茄子……。

どこか懐かしい味を口にしながら、親のありがたみをしみじみ思うた。

もう行ってしまうのか、という父の言葉に想いを残しながらも、みなの平穏を祈りながらわしは別れを告げ京へと再び旅立った。

二

やがて京の都へと来たわしは、洛東小松谷に寓居《ぐうきょ》を構えた。

処暑を迎えた京の空はしだいに高くなり、赤蜻蛉が群れて飛ぶ時節の到来に、まず思うにまかせて残された史跡や町の風物を見て巡る日々をしばらく過ごした。

平重盛《たいらのしげもり》公の別邸跡に立つ浄土宗正林寺《しょうりんじ》近郊から足を延ばし、京の町を巡りながら江戸の雑踏とは異なる穏やかな町の気配に、帝《みかど》の都らしさを覚えたのじゃ。

また、いたる所に残されておった歴史の重さを漂わす旧址や景観の素晴らしさは、時空を超えて語り掛けてくるような気さえした。

(この景色が醸す繊細な趣《おもむき》を画にしたいものじゃ。そのためには、やはり写生の技量を学ばねば……)

わしは写生に名を馳せる、円山応挙さまに師事すべきであると改めて意を決し、かねての願いを果たそうと、四条通に居を構える応挙さまの門を叩いた。

するとと、江戸で名を馳せたわしを存じておられた応挙さまは、

「そなたの名はかねてより耳にしておったが、貴僧ほどの技量であれば、わたしの門に入ることもなかろうに」

「滅相《めっそう》もないこと。拙僧はまだまだ未熟ゆえ、是非とも応挙さまのもとで学ばせていただきとう存じます」

「ふーむ。して、なにを学ぼうといわれるのかな」

「はい。花鳥風月を写し取る技量を学ばせていただきとうございます」

「そうか。ならば新風といわれておる、わたしの画にとる処《ところ》があればおとりになるがよろしかろう」

そんな謙虚なお言葉をいただいたことで、張りつめていた肩の力も抜け、許された入門に安堵したわしは、上洛してのち控えておった定月《じょうげつ》大僧正さまに紹介していただいた、知恩院五十七世、檀誉貞現大僧正《だんよていげんだいそうじょう》さまのもとを訪れることにしたのじゃ。

決して怠っていたわけではない。

じゃが、画を学ぶために京に来たのであり、その目途《めど》が立つまでは、と知恩院に上がることを後回しにしておったのじゃ。

（大僧正さまに会わせていただくとして、はて、いかがいたそう。もし許されるなら画を見ていただきたいが）

わしには若き日の未熟さから描き切れず、心残りとなっていた画稿があった。

三縁山で修行の日々も四年となった宝暦十一年（一七六一）、宗祖法然上人さまの五百五十回忌を迎え、報恩のため御像を描いてはみたが、決して得心できる画ではなかったのじゃ。

じゃが、宗祖の御像だけに反古《ほご》にできず、身近に置いておった。

そこでわしは、知恩院に上がる前に、もう一度宗祖さまの御像を描いてみよう。得心する画になれば大僧正さまにお見せしたいと思うた。

三縁山で描いた画の、筆遣いの至らなさも彩色も、想いが画に表れていないことに気付いたわしはその画を焼いてしもうた。

（この画が目にあれば、これ以上の画を描くことはできまい。素に戻って筆を執らねば……）

その判断から幾枚も筆をすすめると、まもなく得心できる画になった。

（うむ、描けた……。この画の宗祖さまの慈愛をこめた眼差しは、わしの仏道修行をお支えいただいておるようじゃ。筆の運びは宗祖さまが導いてくださったのじゃろうか……）

決して自惚れではなく、精魂込めて描きあげたその画の仕上がりに、ある種の達成感を覚えたわしは、定月大僧正さまの紹介状とともに、描きあげた画を携《たずさ》えて知恩院へと上がった。

玄瑞が上山したら頼む、と増上寺法主さまから聞いておられた貞現大僧正さまは、待ちかねていたわしの来訪に、

「おお、よう参られた。心待ちにしておったぞ」

「早々にご挨拶すべきところ、遅くなりましたこと、まことに申し訳ございません」

「よいよい。どうじゃ、京の暮らしは。落ち着いたか」

「はい。おかげさまで円山さまの門に入ることをお許しいただいてございます」

「ふむ。さようか。それは何よりじゃ」

「…………まことに僭越ではございますが、拙僧が筆を執らせていただきました、宗祖法然上人さまの御像を持参いたしました。お目通しいただければありがたく存じます」

訪問を喜んで迎えていただいた大僧正さまは、わしが持参した宗祖の御像を床に掛け、じっと眺められたのち、手をお合わせになった。

「うむ。よう描けておる。なかなかの画じゃ。宗祖を偲ぶよすががひとつ増えたようじゃな。ありがたく受け取らせてもらおう。永く当山の宝物《ほうもつ》として伝えようぞ」

その言葉には、京で画を学ぼうとするわしを認めてくださり、厚く遇してやろうとする

大僧正さまの思いが込められておったと思うておる。

知恩院に上がることを後回しにしておった心配もはれて、写生に新風をもって一世を風《ふう》靡《び》されておられる応挙さまのもとで、作画に励みはじめて間もないころ、わしは人物画を描いた。

じゃがその画を見た応挙さまは、

「そなたは雪館どのの門に長くいたからであろうが、そこで学んだ画風がこの画に如実《にょじつ》に表れておる。ここで学ぶからには、そなたならではの画風をみせられるよう精進なさるのがよかろう」

「ご指摘のこと、わたくしも自覚しておることでございます。ただそのことを打ち破るためにも、写生の技法を学ばねばと考え入門させていただきましたゆえ、よろしくお導き賜りますよう願いたく存じます」

「いや、そなたに指導などおこがましい。私の筆致からおとりになるのがよろしかろう」

「ありがたきお言葉、精進いたします」

応挙さまの筆致から学ぶ許しを得たわしは、差し支えのなきよう気を配りながら、写生画の筆の運びを幾度も拝見させていただくことで、それまで成し得なかった技量の殻を破ることにつながっていった。

応挙さまの下で学ぶ日々が、わしなりの画風を為《な》す礎となったのじゃった。

また、応挙さまは明の画家である仇英《きゅうえい》や唐寅《とういん》らの画法から学ばれたとも聞いておった。線描様式を集成した画風で、鮮麗な濃彩と写実的で細密な描写に特色のある筆遣いの秀逸さから学んだ、と話された応挙さまの言葉から、わしもいつか学びたいと思っておったが、画を目にする機会を得られずにいたのじゃ。

先達の技法を学びたいとの想いは絶えず頭のなかにあったが、あるとき、ふと妙案が浮かんだ。

(そうじゃ、法主さまにお願いしてみよう。法主さまのお口添えなら画を拝見させていただけるのではないか)

貞現大僧正さまの知遇を得ておったわしは、その想いから知恩院に上がった。

「突然のお目通り、ありがたく存じます」

「うむ。どうしたのじゃ。その顔はなにか願いごとがあるようじゃな」

わしは、失礼を承知であえて口にした。

「応挙さまは、かつて明の時代を極めた画人の山水画や人物画の画法から学んだとお聞きしておりますが、拙僧も画の技量を高めるためにも、ひと目拝見できないものかと常々考えておるのですが」

「うむ。応挙はそう申しておったか。京には元や明の古画がいくつも残されておる。目にすれば、そなたの筆致の役にも立つじゃろう。所蔵しておる寺や旧家を存じておる。さっそく手配してしんぜよう」

「数々のお気遣い、まことにありがたく存じます」

大僧正さまのお計らいで、元や明の古画を目にしたわしは、細密な筆遣いや豊富な彩色による山水画や人物画から画の境地を拓《ひら》くことに結びつけることができたのじゃ。

三

やがて三年。

応挙さまのもとで習画に励んでおったが、ある時、茶席に招かれたわしは一幅の軸に目を奪われてしもうた。

その柔らかい、軽やかな筆致で描かれた山水画の筆者を尋ねると、与謝蕪村というお方の画だと聞いた。

（うーむ。俳諧師として名のあるお方が画もよくされるのか。この柔らかい点葉《てんよう》や点苔《てんたい》を用いた淡彩で包むような画風は、なんとしても学びたいものじゃのう）

そこで、じかに教えを乞うたわけではないが、折に触れ蕪村さまの画を幾枚か拝見し、淡彩の筆遣いの模範として学びもしたのじゃった。

振り返れば江戸の雪館さま、京の応挙さま、そして蕪村さまのみならず、元、明の先達の様式を、わしなりに柔軟に採り入れながら画風形成の糧とする日々を重ねたことが、技量を高めてくれたと思うておる。

ありがたいことじゃ。

齢《よわい》三十を数え、京の町の暮らしも六年となった明和七年（一七七〇）二月二日の夜、わしの夢に師の関通さまが浮かんだ。

そのお姿は、幼い日に生家を訪れ、笑顔でわしの頭を撫でてくださった関通さまのお姿そのものじゃった。

翌朝目覚めたわしは、夢を思い返しながら関通さまのもとで過ごした円輪寺での幼いころの日々を懐かしんでおった。

（もしあの日がなかったら。もし画を描くことを許してもらえなかったら、今のわしは存在したじゃろうか……）

思えば定められた人の運命の不可思議に、わしは阿弥陀如来さまの介在を想うた。

じゃが、三日のち知恩院の使いがわしの寓居に関通さまの入寂を報《しら》せに来た。

耳を疑うような報せに、わしは全身の力が抜け落ちてしもうた。

（あの夜の夢は、関通さまが永遠《とわ》の別れを告げに来られたのじゃろうか……）

人の死は必然。いつかその日が来るとはわかっておったが、夢のなかの師の笑顔が頭のなかから消えず、やり場のない悲しみは、わしの胸に影をおとしたままじゃった。

（師の存在を心の支えとして仏道修行に励み、師のお言葉に沿えるよう習画に勤《いそ》しんできたが、これからなにを支えに生きてゆけばよいのか……）

虚脱感に包まれた空虚な時間だけが流れていった。


じゃが、入寂の報せを受けて数日を経た或る日。

報せの礼を述べぬまま過ごしておることの失礼に気付いたわしは、傷心を引きずりながら知恩院にあがった。

すると、沈んだ眼をしたわしを見た法主さまは、

「玄瑞、なにを塞ぎ込むことがあろう。涅槃《ねはん》に入られた師を悲しむことが弔《とむら》いではない。師の教えに従って修行に勤《いそ》しむことこそが、関通どのの御恩に報《むく》いることじゃ」

俯いたまま無言のわしに、法主さまはさらに言葉をつながれられた。

「よいか玄瑞。亡くなられた関通どのの言葉として聞け」

「はい……、承ります……」

「玄瑞。明日のことは誰にもわからぬ。わかっておるのはただひとつ。いつか人は死ぬということじゃ。いずれそなたにもその日が訪れる。じゃが、その日が来るまでは、与えられた命に力を尽くして生き抜かねばならぬ。そんな心の弱さに甘んじておるそなたなど、わしの弟子ではないわ」

「………お言葉、いたみいります……」

わしは瞑目《めいもく》して、その言葉を噛みしめた。

(なんとわしは心の弱い人間じゃったのか。こんなわしでは師を落胆させてもしかたない。師の教えに応えることなどできぬわ)

強く生きろと言い聞かせ、日々歩んできたはずじゃったが、師を亡くしたことから、おのれの心の脆《もろ》さを悟ったわしは、法主さまが関通さまに代わって叱責されたお言葉に、強く生きることの本質が見えた気がした。

（関通さまの死は必然。じゃが師に諭された「画を衆生済度の方便とせよ」とのお言葉が死を迎えたのではない。そのお言葉は習画の根本として、わしの心のなかに生きておる）

そう悟ったわしは人として、さらに僧として師のお言葉を心の芯に、強く、賢く、優しく生きようと覚悟した。

すると、仏道修行は勿論、習画に対する意欲はそれまでに増して深まり、ひたむきに筆を執るようになったわしは、やがて「西王母図《せいおうぼず》」を描いた。

桃の実のなった小枝を手にした仙女を描いたその画は、瓜実顔に離れた細い眉と目、そして小さな口から明の美人図を匂わせる画になった。

三千年に一度実るという桃を、漢の武帝に捧げたという唐の伝説上の仙女から、亡き関通さまに、桃にたとえて感謝を捧げる想いが心の隅にあって描きあげられたのやもしれんのう……。

四

あれは、次の年の秋のことじゃった。

玄鳥去《つばめさる》、白露《はくろ》も末候を迎えた京の町に、爽やかな風の吹く或る日。俳席に出向いたわしは、臨済宗相国寺の長老、大典禅師の号をもつ大典顕常《だいてんけんじょう》さまと出会ったのじゃ。

以前より禅師は詩文に、書に、そして画に秀でた風雅僧で、すでに名を馳せていた池大雅《いけたいが》さまや円山応挙さまらと交わりもし、また伊藤若冲《いとうじゃくちゅう》さまの才を早くに見抜かれて、生涯の友として支えられておると、以前より聞いておった。

また、若冲さまは相国寺に、動植綵絵《どうしょくさいえ》三十幅と釈迦三尊図三幅を寄進されるなど、お二人は互いに良き理解者でもあったようじゃ。

それに禅師さまは、桜井雪館さまとも深く交わっておられたことから、かねてよりわしの存在を耳にしておられ、関心を持っておられたようでもあった。

「そなたの存在は聞き及んでおった。ここで会えたのも縁があったのじゃな」

期せずして出会ったが、わしは大典さまに強く魅《ひ》かれるところがあり、二十二歳の年の差はあったものの、すぐに打ち解けて親しく交わらせていただくようになった。

大典さまにお会いできたことで、わしはその後の画のみならず、心の養成に負う処が多々あったのじゃ。

思えば禅によって、無碍《むげ》の境地を得ることを学ばせていただいたことが、のちのわしにつながっていったともいえるじゃろう。

山茶花《さざんか》の花が咲きはじめた立冬の或る日のことじゃった。

大典さまは小松谷の寓居を訪ねられた。

来訪をよろこんだわしは、急ぎ茶の用意をと、湯を沸かしに立とうとしたが、

「玄瑞どの。茶ならわしがいたそう。美味い茶葉を持参しておる」

「わざわざ茶葉をご持参とは。なにゆえでございます」

「うむ。茶を飲みながら貴僧に話しておきたいことがあってな」

「ほう、それは楽しみでございます」

大典さまに淹れていただいた湯呑の茶を、両手で包みとり静かに味わいながら、

「お話とは……、お聞かせ願います」

「うむ。京には自ら茶を売る爺々《じじい》として、売茶翁《ばいさおう》と名乗るお人がござった。もとは月海元昭《げっかいげんしょう》という法名をおもちになる黄檗宗《おうばくしゅう》の禅僧じゃったが、還俗《げんぞく》して煎茶を介して禅道と世俗が溶けあう講話を楽しんでおられるお人じゃった。わしはこのお人から禅の真髄というものを学ばせてもらったのじゃ」

「…………………」

「若冲や池大雅も、このお人から多くを学んだことで絵師としての今がある、とも言えるじゃろう」

「大典さま。拙僧もそのお方にお会いすることはできませぬか」

「うーむ、それは叶わぬ……。すでにこの世のお人ではないのじゃ」

「ならば大典さま。売茶翁さまから学ばれたこと、拙僧にもご教示いただけないでしょうか」

「うむ。よいかな、玄瑞どの。わしは画の技量があっても、心のない画をいくつも見てある。画に魂がないといってもよいじゃろう。じゃが若冲は虚心坦懐《きょしんたんかい》なれば心眼自《しんがんおの》ずと開く、との言葉の通り画に向かっておった」

「心を素《す》にすれば真理が見える、と……。お恥ずかしいかぎりでございますが、私の画には雑念が入り混じっておるやもしれません」

「うむ。貴僧の画に心がないとは申さぬが、なにか足らぬものがあるようじゃ」

「足らぬものとは」

「それは貴僧自身の、仏道修行のなかにあるはずじゃ」

「……………………」

その言葉に黙してしまったわしに、禅師はことばをつながれた。

「仏道修行に身をおく者は、若いときはともかくとして、身分が定まり自らの力量を悟り得るころともなれば、分に応じて誓願を立て、一生の指標とするものじゃが、貴僧はどんな誓願を立てておられるのじゃ」

「はい。常日《つね》ごろ考えているところはございます。しかし、まだ立誓願には至っておりませぬ。できることならば、観音大士の如くありたいと願っております。大士は三十三に身を表され、融通無碍《ゆうずうむげ》に衆生を済度しておられます。拙僧も大士に倣《なら》って、画境に遊ぶも衆生済度のため、詩文に遊ぶも衆生済度のため、としてゆきたいと考えております」

「うむ。その誓願まことに結構じゃが、観音大士の如くなろうと思えば、仏門の求道者が実践すべき完全な徳目である六波羅蜜《ろくはらみつ》の行六度を修めねばならぬぞ。六度のなかの持戒《じかい》、布施《ふせ》、精進《しょうじん》、忍辱《にんじょく》を行おうと思えば今日からでも行える。じゃが、真理を悟る禅定《ぜんじょう》には永い修行がいる。永い修行によって悟りを開き、真理を会得すれば大智恵が開け、観音大士のような融通無碍の境も得られるじゃろうが、それは禅によってなるものじゃ」

「………………」

「仏道修行に向かう心も、画に向かう心も、禅によって開けるはずじゃ」

「ありがたいお教えをいただきました。禅を日々の暮らしの大本《おおもと》とさせていただきます」

「うむ。そうしなされ……」

かねてから精神的な境地を開くために、わしは坐禅をしては、と考えておったが、大典さまの教えは、その想いを裏付けてくださったのじゃ。

わしが浄土門にありながら、坐禅を常とするのは六波羅蜜の行者として、また絵師として言うまでもなく必然じゃった、と思うておる。

禅を修することで、日々平穏に過ごすことができておるのじゃ。

栄松山寂照寺

一

安永二年（一七七三）。

閏《うるう》三月を含んだこの年も節気は小寒を迎え、冷え込みのきつい時節となった。

大典さまの教えを受けて禅を修し、書に親しみながら絵筆を執る月日も、やがて二年余りが過ぎた。

京の町が雪に包まれた、寒さの厳しい日じゃった。

貞現大僧正さまの使いの僧が、小松谷の寓居を訪れた。

「雪で足元《あし》悪き折、誠に恐縮でございますが、大僧正さまお召しの旨《むね》お伝えに上がりました」

「寒いなかお伝えいただき、ありがたく存じます。早々に上がらせていただく旨、お伝え下され」

「承ってございます」

時を移さず知恩院に上がり、大僧正さまの居室に通されたわしは、挨拶を済ませると床の間の水仙を目にした。

「寒い日がつづいておりますが、春の訪れも間もなくでございましょう。雪中花の清楚な佇まいに一首詠まれたことと存じますが…」

「いやいや。多事多端《たじたたん》で思うに任せぬわ。毎日寒いが貴僧も息災であったか」

「はい。ありがとう存じます。おかげさまで変わりなく過ごさせていただいております」

「うむ。そうか。ところで今日足を運んでもらったのは、貴僧に折り入って話があってのことじゃ」


この日の大僧正さまのお話は、わしの生涯を決することとなった。

ことは、戦国の世の動乱が招いたある姫君の生涯を悼み建立された寺院の窮状を、大僧正さまからお聞きしたことにはじまる。

勢州山田、下中之郷地蔵町（現・伊勢市中之町）に徳川家康公の孫娘、千姫君の菩提を弔う知恩院末寺《まつじ》、栄松山寂照寺《えいしょうざんじゃくしょうじ》が建立されたのは延宝五年（一六七七）のことだったという。

姫君は僅か七歳にして、政略結婚によって大坂城に入城し、十一歳の豊臣秀頼《ひでより》公に嫁がれたが、十二年後の慶長二十年（一六一五）、大坂夏の陣によって落城する大坂城から祖父家康公の命によって救われ、翌、元和二年（一六一六）九月、桑名藩主本多忠政《ただまさ》公の長子忠刻《ただとき》公のもとに再嫁され、平穏に暮らしておられた。

しかし、元和七年（一六二一）長子、幸千代君は三歳で早世。

失意の姫君はその後受胎するも流産を繰り返す不幸に、悲観の日々を送られておったが、易で占わせると豊臣秀頼公の怨霊が不幸をもたらせていると告げられたそうじゃ。

そこで、かねてより神宮崇敬の想いを篤くしていた姫君は、尼僧の伊勢慶光院四代院主であった慶光院周清尼《けいこういんしゅせいに》に、天照大御神《あまてらすおおみかみ》を祀る皇大神宮《こうたいじんぐう》（内宮《ないくう》）に怨霊《おんりょう》を鎮めるための祈《き》禱《とう》を願いでられたそうじゃ。

慶光院とは、戦乱相次ぐ室町の世に途絶えてしまった神宮式年遷宮を再興するため、初代守悦尼《しゅえつ》から代々広く諸国を行脚して勧進募財《かんじんぼざい》を行い、信長公や秀吉公の寄進も受け、やがて百二十年余り途絶えておった遷宮を、天正十三年（一五八五）十月に再興させた尼僧の院号で、ときの天皇から賜ったものだときいておる。

上人号と紫衣《しえ》を許された尼僧は正宮内拝も認められており、姫君の怨霊鎮めの祈禱願いが遂げられると、次の一子は無事にお育ちになったことで、姫君は神宮崇敬の想いをさらに篤くされたようじゃ。

じゃが、夫の忠刻公を五年後の寛永三年（一六二六）に亡くされた姫君は、そののち下《しも》総国飯沼《うさのくにいいぬま》（現茨木県常総市）の弘経寺《ぐぎょうじ》に入り、次いで京都知恩院第三十七世となる寂《じゃく》照《しょう》知鑑《ちかん》上人さまについて落飾し、天樹院《てんじゅいん》と号された。

やがて七十歳を迎えた寛文六年（一六六六）二月、死期を悟られた天樹院さまは、その臨終に遺言として葬儀の大導師は知鑑上人に。

また菩提寺が建立《こんりゅう》されるのなら上人に開山を、と告げられたのちこの世を去られたそうじゃ。

知恩院の貫主となっておった知鑑上人さまは、遺言によって葬儀の導師を務められたのち、下賜《かし》された多分の布施と家康公の遺髪、そして天樹院さまの歯牙をもって帰洛。墓を建立されてお弔いになられた。

次いで下賜された布施によって、天樹院さまの菩提寺の建立《こんりゅう》を考えられた知鑑上人さまは、菩提を弔う寺に相応《ふさわ》しい処《ところ》を求めて腐心しておられたが、勢州山田の地に廃寺跡の用地が売りに出ていることをお知りになったという。

山田であれば、皇大神宮（内宮）を崇敬していた姫君の菩提を弔うのに相応しい処《ところ》。そう考えられた知鑑上人さまは、延宝二年（一六七四）四月、菩提寺建立のため知恩院を辞され、やがて延宝五年（一六七七）、山田の地に栄松山寂照寺《えいしょうざんじゃくしょうじ》を竣功なさった。

山号の栄松山は、姫君の法名「天樹院栄誉源法松山大禅定尼《てんじゅいんえいよげんほうしょうざんたいぜんじょうに》」から。また、寺号は自らの僧名「寂照知鑑」からお採りになられたとお聞きした。

　そこまでお話しいただくと、大僧正さまはしばし間をおかれたのち、強くうなずかれると、意を決したように話をつながれた。

「いま話したように、勢州山田の知恩院末寺《まつじ》、寂照寺は徳川千姫君の菩提を弔う大事な寺なのじゃ」

「…………」

「じゃが、建立からやがて百年を迎えようとするこの寺が、門主のわしにとって気がかりな存在になっておる」

「…………」

「この寺は開基以来檀家をもたず、寺観の維持は寺禄によって五世までは何事もなく、無事姫君の位牌を供養してきたのじゃが、寺が遊里にあってのう。あろうことか六世が世俗に染まってしまい、放蕩《ほうとう》の果てに寺禄を手放してしまったことが没後に判明したのじゃ」

「…………」

「情けないことじゃが、この寺は檀家をもたぬ寺ゆえに、寺禄がつきてしもうて寺観を維持すること叶わず、無住のまま永く放置されておる。よって伽藍も荒れ果てて廃寺同然になっておると聞き及んでおるが、わしは蔑《ないがし》ろにするわけにはまいらぬのじゃ」

「…………」

「じゃが、後任の住持には、寺観を復旧する使命を負わすことになり、誰もがなし得ることではないこともわかっておる。それゆえ後任の住職の晋山《しんざん》も、ままならない状態に陥《おちい》っておるのじゃ」

大僧正さまのお言葉を神妙に聞きながらも話の意をくみとれず、わしはただ黙《もく》しておったが、そこまで話されると目の前の茶をひと口すすり、間をおいて言葉をつながれた。

「そこでじゃ玄瑞。言葉が過ぎるやもしれぬがこの寺は檀家をもたぬ寺じゃ。まして寺禄の蓄えもないが、貴僧なら作画で暮らしを立てることもできよう。どうじゃ、ひとつ奮起して住持し、荒廃してしもうた末寺の寺観を再建してもらえぬものかのう」

そう話されたのち大僧正さまは、わしの顔色の変化をみてとられたのじゃろう。

力をこめて言葉をつがれた。

「玄瑞。よく聞くのじゃ。貴僧は京にいても画があれは暮らせようが、生涯無住の僧でよいわけもなかろう。出家させた父母も、仏縁を得れば九族天《きゅうぞくてん》に生《しょう》ずという願《がん》もかけてのことじゃろう。どうじゃ玄瑞、貴僧も寺をもってみんか。幸いこの寺には口うるさい檀家もない。修行の傍《かたわ》ら画を描くことにも差し障りのないことじゃ。貴僧には相応《ふさわ》しい寺だと考えるが、どうじゃ」

わしは背筋を伸ばし、大僧正さまとしっかり眼を合わせたのち、深々と頭を下げだ。

「不肖玄瑞を、かほど思《おぼ》し召しくださりありがたく存じます。葵のご紋の付いた屋根の下で修行させていただき、また住まわせていただくとなれば、玄瑞身にあまる光栄に存じます。なにとぞよろしく差し遣わし願いとう存じます」

三十三歳の未熟者であったわしは、大僧正さまのお気遣いがありがたく、荒廃した寺の住持を快諾させていただいたのじゃ。

二

翌三年(一七七四)。

春の訪れを待ったわしは、節気も清明《せいめい》を迎えて暖かく晴れわたった日に、そよ風に招かれるように勢州山田へと旅立った。

菜の花の咲く東西を結ぶ街道を、行き交う人らとともに歩く旅は、過ぎ去りし日々を振り返りながら歩く旅でもあり、来る日に想いを馳せる旅でもあった。

鈴鹿峠を越え、東海道四十七番目の宿場、関宿に着いたわしは、山号を九関山《きゅうかんざん》、寺号を宝蔵寺《ほうぞうじ》と称する行基菩薩が開創された地蔵院に立ち寄ったのち、東の追分まで来た。

鳥居の前で伊勢の神宮を遥拝したのち東に向かう旅人たちと別れ、伊勢参りに向かう旅の人らと共に、伊勢別街道を経て安濃津《あのうつ》（現・津市）の城下に来ると、伊勢街道へと合流した。

すると間もなく藤堂《とうどう》家が治める安濃津藩の城が目に入り、家康公の信頼を得て徳川幕府の重鎮となった高虎《たかとら》公の存在を知っておったわしは、この先訪れる千姫さまの菩提を弔う寂照寺に想いを馳せたりもした。

蒲生氏郷《がもううじさと》公によって拓《ひら》かれた松坂（現・松阪市）の宿場では、屋根の左右に袖壁と梲《うだつ》があがり、虫籠窓《むしこまど》に千本格子を設《しつら》えた、江戸店《えどだな》をもつ豪商の建物が立ち並ぶ姿を目にして、商人《あきんど》の隆盛もうかがい知った。

やがて宮川の桜の渡しで川を越え、山田の入り口である中川原へと来ると、参宮道者とその一行を出迎える御師《おんし》の手代らが、道をふさぐばかりの賑わいを目にしたわしは、予想を超えた山田の町の繁栄に驚きもしたものじゃ。

足は間もなく伊勢街道、伊勢本街道、それに熊野街道が合流する要衝に架かる筋向橋《すじかいばし》まで来ると、のぼりや万灯を立てて賑やかに唄いながら、押し合うように短い橋を渡ってゆくお伊勢参りの人々の様子を目にした。

神の加護を願いに、諸国からはるばる訪れたであろう人々の想いが、道筋と橋板が「すじかい」に架かるこの橋に積まれているような気さえした。

宮川の分流、清川《きよかわ》に架かる世俗の境とされた筋向橋を渡り、豊受大御神《とようけおおみかみ》を祀る外宮《げくう》の北御門《きたみかど》に来て、神域に向かう参宮道者の一行から離れたあと、尾部坂（現・伊勢市尾上町）の北にある清雲院《せいうんいん》に着いたのは旅立ちから四日のちのことじゃった。

山号を東照山とする清雲院は、寂照寺の末寺《まつじ》であったが、家康公亡きあと髪を下ろして清雲院《せいうんいん》と号された側室、お夏の方の心願（遺言）によって、京都知恩院尊誉玄的《そんよげんてき》上人さまが寛永七年（一六三〇）、本尊の阿弥陀如来とともに家康公の像を安置して創建、開基された由緒深い寺と聞いておった。

知恩院貞現大僧正さまから来訪の報せを受けておられたご住職に迎えられたわしは、

「寂照寺に住持させていただく運びとなりました玄瑞と申します。しばしお世話をおかけしますが、なにとぞよろしくおたのみ申します」

と、丁重に挨拶を済ませたのち、旅装をといてひと夜《よ》旅の疲れを癒した。

翌朝。ご住職の案内で寂照寺を訪れたわしは、荒廃した寺の姿を目にした。

（なるほど、大僧正さまからお聞きした通り荒れておるのう。じゃが欅《けやき》じゃろうか、木組みはしっかりしておるようじゃ。頽廃《たいはい》しておるが手を入れれば暮らしに支障はなかろう）

そこで清雲院のご住職に大工、左官など職人の手配を願いでて、さっそく寺の修繕に取り掛かったのじゃ。

日々修繕のすすみ具合を見に、寺を訪れることを日課にしておったわしは、ある朝境内に佇みながら靄《もや》に包まれた神路山を眺めておった。

すると神鎮《しず》まる杜の神々しさに、古《いにしえ》の人々の祈りが宿っているような気がした。

（この山の麓には、国の御祖神《みおやがみ》を祀る大宮が建てられておるのか。ならば天照大御神を祀る皇大神宮（内宮）を拝ませていただかねば……）

思い立ったわしは宇治橋を渡り、御裳濯川《みもすそがわ》（現五十鈴川）の御手洗場《みたらしば》で手水を使い、正宮へと向かった。

神域を流れる御裳濯川とは、垂仁《すいにん》天皇二十六年（紀元前四年）、天照大御神の大宮処《おおみやどころ》を求め、御杖代《みつえしろ》として諸国を巡幸された倭姫命《やまとひめのみこと》が、大御神の御神勅《ごしんちょく》を受けて、この地に大御神を永遠に鎮められたさい、この川で御裳の裾を濯《すす》がれたことから名付けられたものだと聞いた。

天照大御神のお鎮まりになる聖地への架け橋である、宇治橋西詰北側の二番目に据えられた擬宝珠《ぎぼし》には、橋の安全を祈願する饗土橋姫神社《あえどはしひめじんじゃ》の万度麻《まんどぬさ》が納められていると聞いたが、この擬宝珠には「天照皇太神宮《てんしょうこうたいじんぐう》御裳濯川御橋　元和五年己未《つちのとひつじ》三月」の銘が残されておった。

手水で身を清めたのち、神宮杉の生い茂る参道を歩むわしに神官が歩み寄ってこられた。そこでかけられた言葉は、僧籍にあるわしに神路川を隔てて設けられている、僧尼拝所から遥拝《ようはい》せよとのお達しであった。

神と仏を分けて捉えることに疑念はあったが、定めに従って手を合わせ、これからはじまる暮らしの安寧を願うと、わしはたとえようのない安堵を覚えた。

やがて寺は、ひと月余りで住める程度の修復を終えた。

（思ったよりも早く修繕ができたわい。これで住持も叶う。ひと安心じゃ）

境内の銀杏の老木が、初夏の日を受けて静かに立つ姿を見上げていたわしは、ふと想った。

（いくつもの年輪を刻んできたこの老いた銀杏は、永いあいだ先達の日々の営みを黙って見詰めてきたのじゃろう。問えるものなら、わしが今日から為《な》すべきことを問うてみたいのう）

そんな想いとともに、やがて百年を経た寺で、これからはじまる仏道修行の日々に想い巡らせてもみた。

入山ののち、間をおかず清雲院のご住職のお世話で、おふくと名乗る初老の賄《まかな》い女と、十五になったばかりという伸助を下男として雇い入れ、わしは暮らしの基盤をまず整えた。

（うーむ。これからじゃ……）

まず、何からはじめれば、貞現大僧正さまに任された伽藍再建を成し遂げられるのか、と思案しながらも、寺の一室に端居《たんきょ》して禅を修し、書を読み、余暇に画を描くことを楽しみながら過ごしておった。

天樹院さまの菩提を弔う勤めを怠ることなく、画を衆生済度の方便とせよ、と賜った関通さまのお言葉を我がものにするために、いかに励めばよいのかと考える日々でもあった。じゃが、いつまでも寺に籠《こも》って思案をしていても道が開けることはない、と考えたわしは、折に触れ神宮参拝に訪れる旅人が行き交う街道界隈を見て歩いた。

寂照寺の前を通る外宮と内宮を結ぶ参宮街道は、山田尾部坂から宇治の牛谷坂の間《あい》の山といい、山の背が続くことから長峯とも呼ばれておったが、この道には、参宮道者を相手にする遊郭や旅籠が立ち並び、芝居小屋も口の芝居、中の芝居、そして奥の芝居と三座あり、昼夜を問わず華やぐ界隈の喧騒は町の活況の標《しるし》のようじゃった。

じゃが、往来の人々で賑わう長峯の道筋に、隠れるように群れながら街道を行き交う旅人に施しを乞う多くの貧民の姿を目にすると、わしは心が痛んだ。

貧民のなかに、俯きながら膝に乗せた掌を黙って差しだすひとりの老婆を見た。

その汚垢《おこう》にまみれた横顔を覗き込むと、生きる意欲など、とうに捨ててしまったような気さえした。

（こんな世の中でいいのじゃろうか…）

ふと独り言のように呟いたわしは、悲哀とともに釈然としない憤りを覚えずにいられなかったのじゃ。

そこで江戸、京における今までの作画で蓄えておった若干の金子を、折に触れ世間に知られることなく、一人ひとり平等に僅かながらも施すことをはじめた。

じゃが、それもひとときの慰めにしかならないこともわかっておった。

我先にと手を出す輩《やから》もいる。黙って受け取る者もいる。それぞれがわけあって施しを乞う暮らしに身を落としたのじゃろう。

「おまえは幾らもろたんや」

「おまえこそいくらじゃ」

「争わずともよい。みんな同じ値《あたい》じゃ」

そんなやりとりに、金銭の貧しさは心まで貧しくしてしまうのか、と六波羅蜜を行ずる仏門の身として、やるせなさが募るばかりじゃった。

じゃが、施しを乞う貧民の様子から、ふと師に諭《さと》された言葉が浮かんだ。

（わしが為《な》すべきことは、画を衆生済度の方便とすること）

すると、漠然と考えていたわしの取るべき道が、施しを乞う貧民らの姿から見えた気がしたのじゃ。

檀誉貞現大僧正さまから承った寂照寺の伽藍再建は、必ず成し遂げなければならぬ。

じゃが、その前に、貧民や庶民の暮らしの困窮や労苦を救うためにわしは画を描こう。

その想いが浮かんだのは、「伊勢に行きたや伊勢路が見たや、せめて一生に一度でも」と唄われておるように、伊勢信仰を広める御師《おんし》の世話をたよりに、神の加護を願いに伊勢へ伊勢へと旅する人々の多さに気付いてもおったからじゃ。

庶民が神宮に祭祀を願い出ることは叶わぬことから、門前に館《やかた》を構えた御師たちは、北は青森から南は鹿児島のすみずみまで出向き、お札や伊勢暦を配りながら檀家関係を結び、積立金制度である伊勢講を拡充させ、神恩を願う伊勢参宮を勧誘、斡旋しておった。

檀家の人々が、参拝に訪れれば館に宿泊させ、御神楽をあげ、祈禱や御札を授与したのち、豪華な食事でもてなすなど、至れり尽くせり参宮の世話を行うことで、多くの伊勢参りの人々に結び付いておることも知った。

そこでわしは、我が名さえ広がれば、画を乞う人々に貧富の違いはあろうとも、その数は決して少なくないはず、と考えたのじゃ。

ならば画料の多寡は問わず、一枚でも多くの画を描き、その画料を人々の困窮や労苦を救う糧《かて》とすれば、少しはましな世の中になると思ったのじゃ。

それこそが、我が画を衆生済度の方便とすること。

蒔いた種のとおり、実は結ぶというではないか。わしは画を通して、衆生済度の種を蒔き、実を結ばせようと考えたのじゃ。

その意をもって、今までの作画に区切りをつけるため、その日から描く画の落款には「僊」の文字を用いることにしたのじゃ。

三

やがて夏を迎えた。

京の蒸し暑さとは異なる気候は、いくぶん過ごしやすかったが、小暑を過ぎて間もない或る日。襲来した颶風《ぐふう》（台風の江戸時代の呼び名）には、わしも気を揉んだ。修繕したばかりの寺に吹き付ける雨も風も、かつて経験しことのないものじゃった。

（うーむ。まるで寺を揺さぶるような暴れ風が吹きつけておるが……）

心配しながらひと夜を過ごしたが、夜が明けて風も鎮まり日も射しはじめると、ようやく安堵した。じゃが海に近い土地柄ならではの強雨強風の襲来を、この地では避けられるものではない、とわしは覚悟にも似た想いもした。


そんな颶風も過ぎ去った十日のち。

御師の一人である将軍家外宮方の春木太夫が、過日の颶風被災から館を修繕するにあたり、襖《ふすま》と屏風《びょうぶ》の画を著名な画人にと考え、手代を京都に遣わせて、円山応挙さまに揮毫を乞わせたそうじゃ。

すると、その申し出に応挙さまは、

「わざわざ京までお越しにならずとも伊勢の神宮のお膝元には、月僊上人という江戸でも京でも評判の、一流の画人がおられるではないか。上人におたのみなされればよかろう」

「えっ、月僊上人と仰るのでございますか。恥ずかしながら山田の町に暮らしておりますがお名前を存じません」

「うむ。去年まで京で作画をしておられたが、乞われて山田の寂照寺というお寺に住持されたと聞いておるが」

「寂照寺でございますか。ありがとうございます。さっそくお訪ねしてみます」

手代は直ちに山田に戻り、春木大夫にそのことを告げると、

「そうか、月僊上人とはそれほどのお坊さんなのか。ならばさっそくおたのみしてみよう」

そんないきさつから、春木大夫は急ぎわしのもとへ使いを向けられたようじゃ。

「御師、春木大夫の使いで参りました。京の円山応挙さまから、月僊上人さまをご紹介いただきお邪魔いたしました」

「ほう、応挙さまからでござるか」

「はい。画の揮毫なら上人さまにお願いすればよい、とのお言葉をいただき、主人《あるじ》もぜひにとのことでございます」

「うむ。ならばお引き受けいたしましょう」

わしはその求めに快く応じ、間もなく襖と屏風の画を描きあげた。

画を引き取りに来た手代は、袱紗《ふくさ》につつんだ五両を差し出し、丁寧な礼を述べたのち館

へと戻っていった。

手代が置いていった五両を眺めながらわしは、

（あの二曲一双の屏風と、襖二枚の画料が五両か。うーむ……。今まで乞われて描いた画の画料など、わしから申し出ることなどなかったが、願い出た者がわしの名にふさわしいと気遣い、それなりの金子を置いていかれたものじゃが、あの画が五両か……）

わしはしばし腕組みをしながら考えてみた。

（江戸や京ではなく、この地でわしの名など知る者もなし。ならばこれから画を乞われれば画料の多寡にこだわることなく、まず画料を決めたのち筆を執ることにしよう。困窮する者たちを救ってやるための糧《かて》となる画料じゃ。それがよいわ）

わしはそう考えたのじゃ。

憫笑、悪評意に介さず

一

　一方、館では手代が持ち帰った画を、広間に拡げて目にした春木大夫は、

「いかほどの画が出来上がるのかと気を揉んだけど、これほどの画になるとは思わなんだ」

「応挙さまがおすすめになるだけの筆遣いですな」

「うむ。さっそく表具屋を呼んでくれるか。はよう仕上げを見たいわ」

　手代が持ち帰った画の仕上がりを目にした春木太夫は大いに満足をして、その襖と屏風の画を自慢げに仲間の御師たちに披露した。

「どうや。立派なもんやろ。寂照寺に来はった月僊上人というお坊さんに描いてもろたんや」

「へえー、お坊さんが描きはったんか」

「そうや。京都の円山応挙さんに画を頼みに行かせたら、このお坊さんに描いてもらえと

教えてくれてな」

「なかなかの画やないか。わしも一枚たのもうかいなぁ」

「うむ、立派な画や。うちの館にも描いてほしいな」

春木太夫に画を描いたことを機に、人から人へ画の評判が伝わったようで、わしの名が広まっていって、いくと、次第に揮毫を乞う者が絶えなくなっていった。


じゃが、その評判はまもなく悪評に変わってしもうた。

というのも、先に決めておいたように、乞われれば誰にでも直《ただ》ちに「いかほどの画を…」と、先ず画料の交渉をしてから筆を手にしたからじゃろう。

世の画人たちが、勿体ぶった品位を殊更《ことさら》に保とうとするのに反して、わしは金銭に執着する強欲坊主、金の虫、と解釈されたようじゃ。

果ては乞食月僊とまで蔑《さげす》まされてしもうた。

わしは江戸にいるときも、京の都に来ても、僧籍にある身として、それなりの衣をまとい、持ち物にも気を配ってきたが、寂照寺に入山して覚悟を決めたのちは、画料蓄財のため一切身に着ける物に気を配ることなどなく、着古した襤褸《らんる》で日々過ごしておった。

人の目に映るそんなみすぼらしい姿も、蔑みの言葉に結び付いたのじゃろうか。

決して画料を貪ろうとしたわけではなかったのじゃが……。

二

あれは暦が霜月となった或る日のことじゃった。

寺に来た農夫から、賄いのおふくが買《こ》うた野菜の値を問うと、農夫は恐る恐る口にした。

「わしはお代を貰うより、上人さんの画がほしいんやが」

小さく呟いたその言葉に、わしは思わず口元をほころばせた。

「そなた、名を何と申される」

「へえ。弥平ですけど」

「ふむ。弥平さんか。よしよし、たやすいことじゃ」

といって扇子に椿の画を描いて渡してやった。

「おおきに、おおきに」

弥平の喜ぶ顔を目にしたわしは、画が恐らく野菜の代金よりも高く、誰かの手に渡るのじゃろうと察したが、それが弥平の暮らしを少しでも潤すのであれば、と得心したのじゃ。

「いつでも描いてしんぜよう。遠慮などせぬがよいぞ」

それを機に、弥平から野菜を買うと「扇子でよいかな」といって、いつも快く画を描いて渡してやった。

じゃが、そんなおおらかさを持ち合わせておったわしを、世間の見る目は違っておったようじゃ。


弥平と出会って、やがてひと月ののちのことじゃ。

夕刻。わしは境内に出ておった。

ふと、人の気配がして山門に目をやると、なにか戸惑っておるような男が立っておった。

「なにか用かな……。なかに入ればよかろうに」

その言葉を耳にした男は山門をくぐり、ゆっくりわしの側《そば》まで歩み寄ると、つくり笑顔を浮かべながらも、少し緊張した面持ちで口にした。

「和尚さん、わいみたいなもんでも、画を描いてもらえますかいなぁ」

「なんでそのようなことを訊ねるのじゃ」

「金持ちの御師《おんし》や商人《あきんど》とちがうよってに、無理かいなぁと思てな」

「なにを迷っておったのじゃ。遠慮などせんでもよいわ」

「おおきに。そんなら一枚たのみますわ」

「おお、よしよし。で、如何《いか》ほどの画を描けばよいのかな」

即座に応《こた》えたわしに、男は返す言葉を飲み込んでしもうた。

じゃが、

「一両か、それとも二分かな、なんなら一分でも引き受けますぞ」

そう言葉をつづけると、

（ふん、強欲な。やっぱりこの坊さんは噂通りの金の虫やった）

まるで男の顔には、そんな言葉が浮かんでおるようじゃったが、それでも一分でわしの画が手に入るなら損はない。そう決めたのじゃろう、

「そしたら一分でなんとかたのみますわ」

大袈裟に頭を下げる男に、わしは黙ってうなずき、男を部屋に招き入れてやった。

「ところで、どんな画をお求めかな」

「へえ、なんでもよろしいのや。描いておくんない」

「ははは。そうか。なんでもよいのじゃな」

笑いながらおもむろに筆を執《と》って、瞬《また》く間に画を仕上げてやった。

「できましたぞ」

描きあがったばかりの鶏の画を差し出すと、男は拍子抜けしたように呆気に取られておったが、

「約束の一分、さっそくいただこうかのう」

その言葉に、やはり露骨に金子を求める坊主だと思ったのじゃろう。

(たかが一分と馬鹿にして、サッサと描いておいて金を寄こせてか)

そう思ったのじゃろう。腹立ちまぎれに一分を置くと、急いで画を持ち帰ったが、恐らく画の価値など知らぬまま、その顚末を口外したのじゃろうな。

わしは一分という金子のために画を描いたのではないが、先に画料を決めたことが世間の目には、やはり強欲坊主と映ってしまったやもしれん。

「上人さん。画の値段のことなどおっしゃらずに、もっと品格を持ちなされ。世間では上人さんのことを乞食月僊と蔑《さげす》んでますんな。江戸や京で名を馳せた上人さんの技量にそぐわん悪評に、わたしは我慢ならんのです」

ある商人《あきんど》がそんな忠告をしてくれた。

「ありがたいご助言、礼を申します。じゃが、そなたの申される乞食《こじき》は、仏の道を学ぶ拙僧には乞食《こつじき》と受けとっておるのじゃ。おのれの身体を維持するために人に乞うは、釈尊の

十二頭陀行《ずだぎょう》のひとつ。食を乞うは仏道を修行する者の本行じゃ。諸経に世尊、食を乞い終わって座を敷いて坐《ま》し、そこから説法がはじまるとある。それを言うなら、画料を決めてから画を描く愚僧も世尊に倣ってのこと」

笑って聞き流しておいた。

世間の悪評など受け流し、乞われればたとえ一朱の画料でも喜んで描いたわしには、貧民あての施しから気付いた、心に秘めた想いが揺らぐことはなかったのじゃ。

たとえ蔑まれようと、画料を得ることが衆生済度の方便とせよと諭された、関通さまの恩に報《むく》いることであり、六波羅蜜を行ずることにつながると考えておったわしにとって、世間の憫笑《びんしょう》や悪評など意に介さないこと。

それでよいではないか、と笑っておったのじゃ……。

じゃが、乞われれば画料を決めて作画に勤《いそ》しむ日々も、時とともに揮毫《きごう》を乞う人々の数も増え、多作であるだけに迷いがないわけでもなかった。

画料の蓄財を優先するあまり、画に込める想いが次第に希薄になりつつあることを自認しながらも、作画に励まざるを得ないこととの葛藤は、しばしば、わしの筆を止めさせたりもした。

（なにを迷うておる）

独りごとを呟くように自らに問うが、心は揺れた。

（心が整わぬは修行が足りぬのか。禅を修す身なれど禅定にはいまだ至らずじゃ）

すると、心を素にすれば真理が見える、と、いつかお聞きした大典さまのお言葉がふと浮かび、はたと気付いた。

どうやら心のなかに、いつの間にか雑念が巣くっておったようじゃ。

わしは衆生済度の方便とするために画を描けと、関通さまを通して阿弥陀如来さまから命じられておる。

にもかかわらず、画料を蓄えるためだけに筆を執っていたおのれが情けない。六波羅蜜の行者でありながら、画に向かう心を見失っていたようじゃ。画に込める心そのものが衆生済度へと導くものでなければならぬ。

僧侶としての悟りも、絵師としての悟りも、禅によって開くと諭《さと》された大典さまの教えに従い、日々禅を修してはおったが、自らの未熟さを改めて知ったわしは、画に込める想いを新たにして、まだまだ励まねばとおのれに言い聞かせるのじゃった。

心地よく吹く初秋の風に誘われるように境内に佇みながら、ふと去来する数々の出来事をしみじみ振り返っておったが、どれもが束の間の出来事じゃったような気がする。

じゃが、すべての出来事が今につながっておる。

歳月人を待たずじゃ。一日一日を、さらに丁寧に過ごさねば、とわしは心にとめおいた。

魚籃観音を腰に巻く茶汲女

一

寂照寺に住持して三年余り過ぎた初秋の或る日。

自らの足跡を留め直すかのように、去来する出来事を振り返っていた朝から、すでに一年が過ぎ、暦は安永七年（一七七八）となった。

残暑も遠のき、空には秋の雲が軽やかに浮かぶころを迎えた。

乞われれば画料を決めて作画に励む月日を重ねてきたが、世間の悪評など消えることはなかった。

じゃが、それも意に介さず、鷹揚《おうよう》に構えて作画をつづけるわしの画を、正しく評価し懇意にする御師《おんし》や商人《あきんど》も次第に増えていった。

なかでも長享《ちょうきょう》年間に北条氏の遺臣、左衛門太夫宗次が往来し、河崎を氏《うじ》として田畑を開墾して造られた河崎の町は、勢田川の水運を活かして物資を集め、神宮参拝に訪れるたくさんの人びとの食事を賄う米や野菜、そして魚介を商う多くの店や蔵が立ち並び、繁栄をきわめていた。

その河崎宗次を先祖に、寛延三年（一七五〇）に創業した「角仙」村田家の主人《あるじ》は、町の有力者として人びとに慕われる教養を身につけた商人《あきんど》で、御師春木太夫とも交流があり、早くからわしの画の技量を認めており、折に触れ買い入れた画を商い仲間に披露していたようじゃ。

村田家の主人から、画の技量を知らされた米穀商の桑名屋も、わしの画才に敬服し幾作かの揮毫を求め、大切に保持しておった。

朝夕の冷たさに、木々の葉も散りはじめた或る日の暮れ六ツ（午後六時）。桑名屋は友とする松坂（現・松阪市）の商い仲間を伴《とも》なって、下中之地蔵町の華表楼《かひょうろう》と呼ばれる妓楼、杉本屋に登楼した。

長峯の古市と呼ばれる界隈は、江戸の吉原、京の島原、大坂の新町、長崎の丸山とともに五代遊郭のひとつに数えられるほどであったが、詭弁《きべん》を弄《ろう》するように表向きはあくまで茶屋であった。

したがって、そこで接客する女は茶汲女であって、遊女と呼ぶことはなかった。

登楼した桑名屋は、贔屓《ひいき》にしている美しい顔、形をした勝気な茶汲女に酌をさせながら、伴った友と歓談するなかで、わしの画を褒めながら、揮毫を乞うことをすすめたようじゃ。

「この館の近所に寂照寺というお寺がありましてな。そこの和尚さんは円山応挙さんのお弟子さんで、月僊という画の上手なお坊さんですんや」

「ほう。画を描くお坊さんですか…」

「わたしも何幅か描いてもろてますんやが、あんたもどうですな」

「うむ。それはええことを聞かしてもらいましたな。近いうちにたのんでみましょかな」

「ただ、そのお坊さんはちょっと変わってましてな。画の値段を決めてから描きはりますのや」

「なんと、値段を決めてからですか」

「ええ。一両なら一両の画、二両なら二両の画を描きはりますのや」

「ほう…。なかなか面白いお人ですなぁ」

そんなやりとりを聞いていた茶汲女は、

「旦那さんがそんなに褒める画なんですか。月僊とかいう坊さんの画は」

「おまえさんは月僊さんを知らんのか。あんな有名なお坊さんが、すぐそこのお寺にみえるのに」

「ええっ。あの寺の坊さんてゆうたら、風采のあがらんみすぼらしい人ですやろ」

「阿呆《あほう》。あのお方はお考えがあってあんな姿で暮らしはるんや」

「へえー。知りませなんだ」

そう聞いた桑名屋は、笑いながら、

「そらあかん。おまえさんもいっぺん月僊さんの画を見せてもらいなはれ」

何気のう口にした桑名屋の言葉に、無学さの劣等感を抱きながらも勝気な茶汲女は、その言葉に軽蔑されたと思い込んだのじゃろう、ならばと翌日、わしに画を描かせようと使いを出したのじゃ。

「和尚さん。うちの館で抱《かか》えとる茶汲女から、画を一枚描いてほしいと言付《ことづ》かってきたんやが、たのめますかいなぁ」

「おお、それはそれはありがたいこと。で、如何ほどの画を描けばよいのかな」

「へえ。女が言うには値は幾らでもええから、なるべくきれいな画をとゆうとります」

「そうか、そうか。ならば五日ほど待ってもらえるかのう」

そう約して使いを帰したのち、わしは茶汲女の日々の支えにもなろうと考えて、少女が魚籠《うおかご》を手に立つ魚籃観音《ぎょらんかんのん》を描いた。

「うむ。よう描けた。この画が茶汲女の慰みになればよいがのう……」

約束の五日後、画を持って杉本屋の座敷に通ると、そこに桑名屋がおった。思わぬ同座を少し訝《いぶか》しんだが、桑名屋がすすめたことから画を求めたのだろうと思い、

「姐さんからたのまれましてな」

そういって画を茶汲女と桑名屋の間に置くと、桑名屋はすぐ手に取り、目にしたその画の出来ばえを称賛した。

「うーむ。さすが上人さん。秀逸の出来ばえですな。まさに眼福、眼福。早《はよ》うあんたも見せてもらいない」

手にした画を女の前に押しやると、わしの身なりを目にしていた女は、

(こんな身窄《みすぼ》らしい坊主の描いた画なんか見とうもないわ)

と、腹のなかで呟きながら画を一瞥《いちべつ》したのち、すぐに棘《とげ》のある口ぶりで問うた。

「して値はいかほどですの」

それはまさに軽蔑したような口調であったが、わしは意に介さず告げた。

「うむ。五両ほど戴きましょうかな」

「えっ、五両」

この時代の一両は、今の三万円から五万円と推測できるが、五両と聞いて女は驚いた。

だが、直ぐにはしたなさに気付いた女は、

「ふん。お安いこと」

と、慌てていい直した。

じゃが、元より女の身に五両は大金。

躊躇《ためら》いながら帳場に立とうとする様子を見てとった桑名屋は、その場を取り繕《つくろ》う機転を利かせたのじゃろう。

なにも知らない茶汲女が、画の値《あたい》など考えもせずに作画を乞うたと思っておった桑名屋は、持ち金など僅かでしかない茶汲女を思い、あらかじめ懐にそれなりの金子を持参しておったのじゃろう。

「こないだ、おまえさんに預かった金や」

と、懐から五両を取り出し、茶汲女に戻す振りをして手渡してやった。

女は桑名屋の機転に、胸を撫でおろしながらも勝気な性分ゆえに、何としてもわしをやり込めなければ気持ちは収まらず、わしの前に歩み寄ると五両を投げつけた。

その行いにわしは一瞬怒りを覚えたが、すぐに笑いを浮かべて平然としておった。

すると女は、さらにわしをやり込めようと帯を解き、画を腰に巻いてみせると、蔑むように嗤《わら》いながらいった。

「この湯文字よう似合いますかいな」

それを見ていた桑名屋は顔を真っ赤にして、

「あほな、あほな。なっと勿体ないことをするんや」

といったまま、動揺して二の句がつげず、しばし黙っておったが、やがて気を静めると、

「上人さん。申し訳ない。失礼きわまりないことをさせてしまいました。お詫び申します」

「いやいや、よいではござらぬか。わしの画を気にいってもらえたようじゃ」

じゃが、女はその言葉を無視するように、平然と口にした。

「お代を払えば画はこっちのもん。どう使おうと勝手やないですか」

その言葉に女を見上げながら、ため息をひとつ吐いて気を静めたわしは、

「魚籃観音さまも、床《とこ》にかけられるより腰に纏《まと》われれば、衆生済度の縁《えにし》ができたとお喜びでしょうな」

と、言い残し、投げられた五両を拾い集め、丁寧に礼を述べたのち、平然とその場を立ち去ったのじゃ。

どんなわけがあって茶汲女となったのか知る術《すべ》はないが、夜毎房事《よごとぼうじ》の相手をする女の悲哀を引きずりながらも、強く生きようとすることで身につけた勝気な性分なのじゃろう。

茶汲女としての定めに抗《あらが》うことなく、懸命に生きている女の先刻の行いの裏に隠された

心根を蔑《ないがし》ろにしてはならないとも思うた。

のちに女は、わしが去りぎわに言い残した魚籃観音という言葉が、妙に気になったのじゃろう。その由来を人に訊ねると、羅刹《らせつ》、毒龍《どくりょう》、悪鬼《あっき》の害を除く観音さまと聞き、驚くとともに自らの過《あやま》ちを悔いたようじゃ。

じゃが、その想いは胸に刺さった棘《とげ》のように抜けず、やがて自分を苛《さいな》むように気を病んで、床に就いてしもうた。

わしも、茶汲女が件《くだん》の出来事によって臥《ふ》せっていることを知ると、見ず知らずの男に身体を預ける営みが、やがて妬《ねた》みや僻《ひが》みとなって、あの日の乱れた振る舞いを起こさせたのかもしれぬ、とも思うた。

人はなんと哀しいものなのじゃろう……。

夜の数だけ悲哀の物語を紡いできたであろう茶汲女に、画を通して魚籃観音の慈悲を、と思い描いた画じゃったが、あの日のなりゆきに語りつくせぬ不憫《ふびん》さを思うばかりじゃ……。

二

茶汲女に描いた魚籃観音が招いた出来事から、やがて一年余りが過ぎた安永八年（一七七九）。

谷の雑木林でツクツクホーシと競うように鳴いていた法師蟬の啼き声も、いつしか耳にしなくなり、すじ雲の流れる秋を迎えた或る日のことじゃ。

相変わらず参宮の人々で賑わう街道を、楽しそうに話しながら、内宮参拝を目指す旅の一行の言葉使いがわしの耳にとまった。

聞こえてきた、どこか懐かしい尾張言葉のやりとりが、ふと三年前の出来事を思い出させたのじゃ。

あれは日毎早《ひごとはよ》うなる日没が、慌ただしさを覚える師走の或る日のことじゃった。

突然那古野《なごや》の親戚の使いが寂照寺を訪れたのじゃ。

使いの者の話では、味噌醤油を商う生家の父母も亡くなり、間もなく跡を継いだ長兄も逝《ゆ》いてしまったという。

幼い甥に後見人がついて商いをつないだが、手代は忠誠の想いに欠けており、家運は次第に傾いてしまい、なんとか立て直すために苦慮しているという。

　そんな生家の状態を黙って聞いていたわしに、使いの者が親戚から託されてきた言葉は、家督を継げという還俗《げんぞく》を命ずるものだったのじゃ。

「おみゃあさんの生まれた家だで、助けると思うて帰ってこいとゆうとります。どうぞ聞き入れてくれませんかのう」

「わざわざ遠いところまでお越しいただき申し訳ない。じゃが、拙僧には聞き入れることはできませぬ」

「そう言わずに、なんとか帰ってやってはくれまいかのう」

「いや。それはできぬこと。拙僧は十六の折に得度を経て俗縁は絶っており、三宝に帰依《きえ》して仏弟子として育てられました。したがって、わしの勤めは仏祖への報恩あるのみ。仏祖の志をついで、衆生済度の道を歩むほかござらぬのです。還俗して家業を継ぐなど一切あり得ぬこと。そうお伝えくだされ」

　使いの言葉をはっきりと拒絶したが、そののちも親戚の者たちは諦めず、年が改まると再び使いを送ってきた。

「使いのわしも困るでよぉ、なんとか聞き分けてくれんかのう」

「申し訳ないが、何度お越しいただいても拙僧の返事が変わることはござらん」

「いや、ちぃとは死んだ親御のことも考えてみてくれまいか」

その言葉にもわしは動じなかった。

「父も母も、拙僧を出家させると決めた折から、互いに覚悟してのこと。したがって還俗など望んでおらぬはず。わしにできることは、親と兄の冥福を日々祈ることしかござらんのじゃ」

生家の窮状《きゅうじょう》に、心が揺れないわけではなかったが、仏子としておのれの歩むべき道に迷いなど微塵もなかったのじゃ。


そんな親戚の使いの者とのやりとりなど、とうに過ぎたこと。

忘れておったが、先刻耳にした懐かしい尾張言葉が、幼い日に過ごした生家の日々を連れてきたかのように、父母や兄の姿を浮かばせたのじゃ。

うーむ、と声を漏らして雲が一片軽やかに浮かぶ空を見上げると、円輪寺に出家する朝、俯きかげんに手を振った母の声が聞こえたような気がしたのう……。

じゃが、生まれ育った幼いころを懐かしがっても詮《せん》ないこと。

去来する望郷の想いを断ち切るように、おのれの生きる道に迷いなどないわと呟いたが、せめて生家の行く末が安寧《あんねい》であることを祈ろうと、北に位置する那古野に向かって手を合わせたのじゃ。

三

翌九年（一七八〇）を迎えても、相変わらず画を乞う人びとの絶えない日々は続いていたが、わしは仏道修行や座禅に勤しむ傍《かたわ》らよく出歩いた。

かつて応挙さまが懐《ふところ》に写生帖を忍ばせて、目にした景色や風物を写し取ることを心掛けておられたことに倣《なら》い、写生をわしの画の資《もと》とするため、散策を楽しみながら筆を走らせることを習いとしておったのじゃ。

寺の近郊はもとより、宇治や山田の町のはずれまで歩き、応挙さまの門で学んだ筆致に、自らの筆遣いを加味する独自の写生画を目指そうと、人びとの暮らしぶりを観察しながら画の題材にふさわしい景観などを描き写しておった。

また、寂照寺の近くにあった奥の芝居と呼ばれた中之地蔵芝居にはよく出掛けた。画を習いたいという小僧に矢立と筆紙をもたせ、役者の所作や舞う姿など、思いつくところを写しとることに励んでもおった。

時候は春分も末候を迎え、明るい空に春の風が爽やかに吹く或る日。わしは小僧を伴って写生に出た。

田の畔《あぜ》に咲く菫《すみれ》の花に、ひらひらと風に吹かれるように舞いながら、花から花へと紋白蝶が羽を休めては翔《と》ぶ姿を目にすると、その健気さに微笑《ほほえみ》ながら素早く筆を走らせたりもした。

「和尚さん。花にとまったとおもたらすぐに翔んでく蝶々を、あっという間に描いてしまいますんやなぁ」

「うむ。わしの目に映った蝶は、いつまでも残っておるからのう」

「へぇー。わたしには真似できんことです」

「できんと思わず何度もやってみよ。いつか描けるようになるはずじゃ」

「いつか描けますやろか」

「ああ。描きたいと思うものを目にしたら、どうすれば描けるなどと考えず、素直な心で見ることとじゃ」

「…………、ようわからんけどやってみますわ」

「ほれ。また一匹翔んできたぞ。よーく目に映しておくのじゃ……」

「はい。素直な心で見ておきます」

「ははは。そうじゃ、そうじゃ。素直な心でな」

画を描きたいという小僧を可愛く思っていたわしは、写生のたびにつれて歩く楽しみもあり、また小僧の習画に向かう健気さも、幼い日のわしと重ね合わせていたのかもしれぬのう。

若者の恋心が起こした出来事

一

天樹院さまの菩提を弔う勤めは勿論、禅を修することを怠らず、乞われれば絵筆を執るわしの日々も、時の流れとともに平穏に過ぎていった。

やがて入山から十年を経た天明四年（一七八四）初春。

四十四歳となったわしは、折にふれ描きためてきた清（中国）の仙人たちを紹介する「列仙図賛《れっせんずさん》」三巻、三冊を刊行した。

この画に寄せて、かねて親交のあった大典禅師さまは「著されている神仙の図様は、故図にない特異なもので、もっぱら新意によって描かれた月僊の独創溢れるものだ」と、わし固有の画風であるとの賛辞をいただいたのじゃ。

（修道の遊戯《ゆげ》の産物だと大典さまにお伝えしておいたが、なんともありがたいお言葉をいただいた……）

すると、大典さまのお言葉を追認するかのように、図像集に描かれた仙人画は、独創的な描写であり秀逸だと話題を呼び、さらに画壇の高い評価につながってもいったようじゃ。固有の画風であると認めていただいた大典さまのお言葉に喜びはしたが、上洛の途上立ち寄った円輪寺で、師の関通さまから忠告された自信と慢心は紙一重。決して自惚れるでない、とのお言葉を復唱するように、その評価に慢心することを自ら戒めて、謙虚にのちの作画の励みともしたのじゃ。

江戸と京における習画と画風形成に注力する若き日に雪館さま、応挙さま、蕪村さま、そして元、明の古画から柔軟に学び取り入れてきた筆遣いや写生の積み重ねが、画僧月僊としての固有の画風に結びついていったと思うておる。

二

また、列仙図賛の刊行を経て、巷間、高い評価を受けながらも、わしは飄々《ひょうひょう》と粗食に徹し、弊衣《へいい》をまとってみすぼらしく暮らしておったが、画を学ぼうと入門を志願する者も絶えなかった。

そこでわしは、身分を問わず問うた。

「画を学びたいというのは結構なことじゃ。じゃがわしの日々の暮らしを知ってのことか。弟子ともなれば同じように暮らさねばならぬ。それでもよいかな」

すると志願する者の幾人かは黙って辞してしまうのじゃが、わしの生き方を敬い、弟子となって画の道を志す者もなかにはいた。

のちに、寂照寺九世として住持する定僊《じょうせん》をはじめ、小僧として写生に付き添い、画法を悉《ことごと》く学び、やがて弟子のなかで最も優れた技量を持つに至った月窓《げっそう》など幾人かおったが、なかには弟子ではなく商家の子息を預かることもあった。


稲刈りの終わった田圃に、刈り取りからこぼれた稲穂に雀が群れてついばみ、畔道《あぜみち》には真っ赤に咲いた彼岸花が風に吹かれるころとなった或る日。

御師三日市太夫の紹介で、大世古の老舗酒問屋「河口屋」の主人《あるじ》が寺を訪れた。

商う酒を手土産にするわけにもいかず思案したのじゃろう。勢田の蓮台寺の丘陵に稔った柿を持参しておった。

「お初にお目にかかります。三日市太夫さんにお聞きしてお邪魔いたしました」

手土産に差し出された大きな布袋の柿を眼にしたわしは、

「ほう。もう稔りはじめましたのか。わしの好物じゃ、ありがたい」

「それはようございました。ぜひ皆さんでお食べください」

「うむ。ありがたく頂戴いたす。じゃが、どんな用向きでお越しになられたのじゃな」

「はい。お恥ずかしいことでございますが、十五になりました私どもの長男は、世間知らずの身勝手。このままではとても跡を任せるとは参りません」

「うむ。それでわしになにか」

「はい。できればお寺で少しの間《ま》でもお預かりいただき、仏さまの道を説いてやっていただけないかと思いまして」

「うーむ。引き受けるとしても経を学び、坐して禅の修行に励むことは勿論じゃが、寺の掃除、雑用などの小間使いができるじゃろうか」

「はい。それは商いの道にも通じること。きつく申し付けますので、何卒お引き受けいただきとうございます」

(そうじゃな。断るのは簡単じゃが、これも法施じゃ。預かってみようか)

「ならば三月《みつき》、弟子の定僊のもとで学ばせようかのう」

「ありがとう存じます。なにとぞよろしゅうお願いいたします」

「うむ。ならばさっそくお連れくだされ」

河口屋の主人の申し出を引き受けたのち、定僊を呼んで伝えた。

「実はな、頼まれてしもうたのじゃ」

「なにをでございます」

「うむ。河口屋という酒問屋の息子を預かることになってしもうた。そなたに面倒をかけるが、伸助にも手伝わせながらしばらくみてやってくれぬか」

「はい。心得ました。お預かりいたします」

翌日。太助と名のる長男を連れた河口屋の主人は、伝え聞いていたように息子を定僊に引き合わせた。

「上人さんにお願いしました倅《せがれ》の太助でございます。不束者《ふつつかもの》でございますが、どうぞよろしゅうお引きまわしくださるようお願いいたします」

挨拶をすませた主人は、ぼんやりと境内の銀杏を見上げている長男を、あわてて呼び寄せ挨拶を促した。

「太助ですー。よろしゅう頼みますー」

と、笑いながら頭を下げたその所作と軽々しい物言いに、野放図に暮らしてきた様子を見てとった定僊は顔をしかめた。

(うーむ。これは難題を仰せつかったもんじゃ……)

先行きを案じ心配がよぎったが、受け入れざるを得なかった。

ひと月余りがたち、定僊に叱責《しっせき》されながらも、日々与えられた雑用をなんとか済ませるまでになってきた太助は、持ち前の要領のよさから隙を見て、半刻（一時間）ほど寺を抜け出すことがあった。

遊び仲間を訪ねては金子を借用し、妓楼千束家《ちつかや》で下働きをしている娘を誘い、天の岩戸開きにおいて岩屋の前で神楽を舞った芸の神、天鈿女命《あめのうずめのみこと》を祀る長峯神社の裏手で会っていたのだ。

そんな不心得者の太助が枯葉が北風に舞う晩秋の或る日、行方知れずとなった。

「ご住職、太助が寺を抜けてしまいました。探さずともよろしいか」

「放っておけ。修行足らずじゃ」

「ですが、家の者には伝えておかねばと思いますが」

「…………」

「それとよくない話を耳にしました」

「うーむ。よくない話とはどんなことじゃ」

「はい。太助が人目を忍んで、妓楼の下働きの女と時折逢っていたというのです」

「おまえは気付かなかったのか」

「はい。申し訳ございません」

わしは下働きの女と逢っておったと聞いて、太助の気がかりな行いを不審に思いながらも、いつの間にか日は暮れてしもうた。


そのころ太助は長峯神社の境内に身を隠して動かず、抱いた膝の上に顎をのせて西に沈みはじめた上弦の月を眺めていた。

(こうなったら仕方がない。どっかで金子を盗むしかないやろ……)

金子の工面も尽きてしまった太助は、悩んだ末に盗みに走るしかない、と考えてしまった。

するとも夜も更けたころ、寂照寺に少し興奮気味の男があらわれた。

うどんを商う与平と名乗る男が、閉め切った本堂の引き戸を叩きながら、

「和尚さん、和尚さん」

と、呼び出す大きな声を耳にした。

その騒ぎに、わしは書物を閉じると無言で立ち上がり、定僊とともに男を迎えた。

「和尚さん。あんたとこの小僧がわしの店に盗みに入りましてな。捕まえて括《くく》ってありま

すんや。引き取ってもらえませんか」

「えっ。なんと盗みとな」

「へえ。明日の客に出すうどんを奥で打ってましたんやが、店先で物音がするもんで見に行くと、小僧が物入れを探って金子を懐《ふところ》に入れてましたんや」

それを見たうどん屋の主人は、麺棒を打ち付けて捉えたという。

「どこの小僧かと問いただすと、寂照寺の見習いやというやないですか」

「申し訳ない。わしの落ち度じゃ。定僊、伸助を連れてすぐに引き取ってまいれ」

定僊と伸助に、引きずられるように連れてこられた太助を眼にすると、叱責することよりも、預かった責に対する自らの至らなさに、わしは悔恨《かいこん》の念にかられた。

「太助、なんで盗みに入った。御仏の道を学ぶはずではなかったのか」

きつく問う定僊に、太助は打ち据えられた肩をさすりながら、痛みをこらえているのか、それともふてくされているのか、定僊と伸助を睨《にら》むような目で口にした。

「知り合いの娘の、おかんの病を治したる金が欲しかったんや」

「それは千束家で下働きをする娘か」

「…………うむ。話を聞くと可哀そうで、なっとかしたろと思て。はじめは遊び仲間に借りた金を渡しとったんやけど、それも尽きてしもて」

盗みに入ったいきさつに嘘はないのだろうが、太助の愚かさを情けなく思いながらも定僊は、

「よいか太助。おまえは良きことをしているつもりであろうが、借りた金や盗んだ金で病は治らぬ。それは了見違いというものじゃ」

投げやりな顔をしながら、定僊の言葉に渋々うなずく太助の様子を見ていると、いかに善良な者でも、切羽詰まると予想もしなかった禍々《まがまが》しいものが浮かび上がってくるものか。

そんな想いが頭をよぎったが、このままでは預かったことが無駄になると思い、いかにして改心させればよいかしばし考えたのち、犯した罪の重さを捉えきれずにいる愚かな太助に告げた。

「よいか、太助。わしの目を見てよう聞け。おまえが犯した悪事は戻せぬが、これから先のことはおまえの心次第じゃ。明日からそのうどん屋で働かせてもらえ。わしからも頼んでやる。汗をかいてわずかでも給金をもらい、その娘のために使え。借りた金や盗んだ金では人助けにはならぬ。助けようと思うのなら、自分が働いた金で助けてやれ。そのためにうどん屋で働かせてもらえ」

「……………」

「よいな、わかったか」

「…………はい……」

「うむ。お前が改心して働くことを約束するなら、この出来事は親には言わずにおいてやる」

その言葉を聞いた太助は安心したように、ほんの少し頬をゆるめたようじゃった。


翌朝わしは、太助を連れてうどん屋を訪れた。

「夕べはすみませんでした。どうぞ許してください」

昨夜の行いに手をついて深く詫びる太助を、許してやってほしいと口添えをするわしの顔を見たうどん屋の与平は、口元を歪めながらも、

「しゃあないな。和尚さんに免じてごめんしたるわ」

与平の言葉を聞いて少し安堵したわしは、

「与平さん。無理を承知でお頼みするが、この若造を叩き直すつもりでしばらく使ってみてはくれないか」

「なっとな。いくら和尚さんのたのみでもお断りや。こんな泥棒猫を使うわけにはいきませんわ」

「うむ。もっともじゃが、わしが責任をもつつもりで連れてきておる。なんとか聞き入れ

てもらえぬかのう」

「うーむ………」

と、唸ったのち与平は、しばし思案をしておったが、

「まぁ和尚さんが、そこまで言わはるんやったらなぁ。しゃあない、使《つこ》てみたろか」

「ありがたい。これ太助。しっかり働くんじゃぞ」

「はい。わかりました」

渋々わしの頼みを受け入れてくれた主人《あるじ》の与平に、太助は深々と頭を下げて願いでた。

「一所懸命やります。どうぞよろしゅうおたのみします」

「おお、しっかりやるんやぞ」

この店で商ううどんは、のちの世に伊勢うどんと呼ばれる、太くて柔らかい麺に真っ黒な溜り醤油をかけ、薬味の刻みネギをのせただけの素うどんだった。

多くの参宮道者が行き交う街道で、客を待たすことなく素早く空腹を満たすために考えられたこのうどんは、煮えたぎる大釜で茹でる麺の柔らかさが、長旅で疲れた旅人の胃の腑にやさしい山田の町独特のもてなしでもあった。

働きはじめた太助は、額に汗して茹でるうどんが、こんなにも旅人を喜ばすものか。商いの心とは、客の求めに如何に応ずるかが大事だとわかりはじめていたようじゃ。

数日後。

定僊を伴ってうどん屋を覗くと、四六時中賑わいを見せる店の奥で、主人に叱責《しっせき》されながらも懸命にうどんを茹でる太助を見た。

「与平さんよ。すぐに腰砕けにならないかと心配したが、なんとか勤めているようじゃな」

「へえ。じきに棒を折ると思てましたけど、なっとかやってますわ」

「うむ。なにかと世話をかけるがよろしゅうたのみますぞ」

「へえ。わかっとります」

（若い太助の恋心が起こした事件じゃったが、のちに店を継ぐ立場の男としてこの顚末《てんまつ》が活かされることを願ごうたわしの配慮が、どうやら功を奏したようじゃのう……）

心次第で先のことは変えられる、と言っておいた太助の働く姿を見たわしは、定僊と目を合わせてうなずき合うと、

「災い転じてか。定僊、どうやらなんとかなりそうじゃな」

「はい。ご住職のお気遣いのおかげ。これでひと安心でございます」

「うむ。またしばらくしたら様子を覗いてみてやってくれ」

「はい。そういたします」

笑顔を交わしながら胸を撫でおろす二人のそばで、白い小犬もうれしそうに尾を振っていた。

天明飢饉の施米に金子百両

一

年が改まり天明も五年（一七八五）となった。

この年、皐月《さつき》（五月）の下旬から降りはじめた雨はいつもの年より多く、空は厚い雲におおわれて日の射すことはまれじゃった。

冷たい雨にわしは、秋の稔りが気がかりでならなかった。

心配の種は、三年前の冷夏によって、奥羽一帯が広く冷害に襲われたことで米は凶作となり、飢饉《ききん》の兆しが見えはじめおったが、さらに翌三年は完全に凶作となってしまったのじゃ。

東北の地に暮らす人々は困窮し、餓死、捨て子、さらに米騒動が起こっているとの風評を人びとは耳にしておったが、まだ山田の町衆は身近に米不足を捉えてはいなかった。

じゃが四年となると町の近郊の田圃でも、長雨と冷夏によって稲の収穫は満足できる量ではなかった。

やがて師走を迎え、年が押し迫るにつれ市井《しせい》の人びとの心配ごとは、日に日に膨らんでおった。米不足によって米価は高騰しはじめたのじゃ。

全国に広まった飢饉に疲弊した人びとが、神宮参拝に訪れるゆとりなど皆目なく、参宮道者は跡を絶ってしもうた。

御師をはじめ人々の収入も激減し、人々の日々の暮らしにも困窮の色が見えはじめておった。

わしは気を揉んでいてもしかたがない、と秋の稔りが豊かになることを祈ったが、願い虚しく暴風雨の襲来によってこの年はさらに凶作となってしもうた。


やがて一両で一石（約一八〇キログラム）から一石六斗（約二九〇キログラム）であった米価は、五升（約九〇キログラム）から三升（約五四キログラム）という状況じゃ。人びとは米価高騰に困惑しながらも、やがて年は改まり六年を迎えたが、新年のめでたさを祝うことなど叶わず、宇治と山田独特の風習ともいえる一年中掲げる「蘇民将来子孫家門《そみんしょうらいしそんけもん》」と記《しる》された門符を付した注連縄の架け替えさえままならなかったのじゃ。

参宮客で賑わった日々が嘘のように静まってしまった町に、時候も春の訪れを思わせる啓蟄《けいちつ》を迎えるとお奉行が交代した。

着任間もない山田奉行野一色義恭《のいしきよしやす》は、さっそく困窮する人々を救おうと、いっとき施米を行い、また山田や宇治の自治役所や町の富豪も飢饉救済の施銭をした。

じゃが、いずれもそれぞれが疲弊しており、つづけることは叶わなかったのじゃ。

(こんな様子では先が思いやられるのう……)

町の人びとが困窮する状況に心を痛めてきたわしは、おのれが為《な》すべき策に動いた。

(人の暮らしを支える米がなくてはどうにもならぬ。このままでは山田の町にも米騒動が起きてしまうやもしれん…。案じておっても仕方がないわ。せめてわしにできることは蓄えた画料を使い、わずかでも施米のために金子を使わせてもらうことじゃ)

二

桜の蕾がほころびはじめた爽やかな朝。

思い定めたわしは、米不足で混乱する町の警護のため、奉行所から吹上町一本木の公事役所に出向いておるというお奉行を訪ね、施米の金子拠出を申し出るため寺をあとにした。

申し出を承諾されるか。一抹の不安がないわけではなかったが、お奉行の前で平伏したのち単刀直入に申し出た。

「お奉行さま、拙僧は号を月僊とする寂照寺の玄瑞と申す坊主でございますが、此度《こたび》の飢饉にわずかではございますが、施米にお使いいただく金子をお預けさせていただきたく、参上いたしました」

「なんと、そなたが施米の金子をか……」

「はい。まことに僭越《せんえつ》ではございますが、拙僧の拙い画をお求めいただき、蓄えた金子をお使いいただければと思うのでございます」

「ふーむ。拙者この山田に赴任して早々、そなたの噂を耳にしておるが、世間では金の虫坊主と呼んでおるそうではないか。わずかの金子で汚名を晴らすための申し出か」

「なんと申されようとかまいませんが、わずかでも施米の助けになればと思うてのこと。なにとぞお聞き届けいただきとう存じます」

するとと奉行は嘲《あざけ》るように口にした。

「ならばいかほどの金子を出すのじゃ。五両、十両では役に立たぬぞ」

「はい、取り急ぎ百両持参いたしました」

にわかに信じがたい目でわしを見つめたお奉行は、その言葉を訝《いぶか》しむようにさらに確かめた。

「なんと百両となｍ。法螺《ほら》を吹くでないぞ」

百両といえば庶民が四、五年楽に暮らせる大金だった。

お奉行は、みすぼらしい襤褸《らんる》姿のわしの申し出をさらに疑うように、しばし黙って見つめておったが、ややあって口を開いた。

「まこと、そなたは百両を持参しておるのか」

「はい。どうかお使いいただきとう存じます」

風呂敷に包んだ百両を差しだすと、奉行は腕を組み、うーむと唸ってしもうた。

（この坊主、なにゆえの申し出か知らぬが、奇特なことじゃ）

「あいわかった。よし、そなたの申し出承ろう」

「ありがとう存じます。のちにいただく画料も、折をみて持参するつもりでおります」

「うむ。ならば、まことにありがたいことじゃ」

わずか百両で飢饉が治まるとは思っていなかったわしは、困窮する人々を救済するため翌年に亘《わた》って蓄えた画料の大半を、施米のため重ねて奉行に届けつづけ、町の安全と人びとの暮らしをできる限り支えつづけたのじゃ。

いっときの施米と考えていたお奉行だったが、二年に亘《わた》るわしの行為に、当初のやりとりの無礼を侘びられた。

「そなたの施しまことにありがたく、拙者からも改めて礼を申す」

「お奉行さま。お言葉を返すようでございますが、拙僧は施しをさせていただいたのではございません。仏の道を修行するものとしての役目を果たしただけでございます」

「うーむ、そう申すのか。しかしそれはありがたき役目、重ねて礼を申す」

「そのお言葉、ありがたくお受けいたしますが、拙僧の行いはお奉行さまの胸に留めおいていただきますようお願いいたします」

「なんと申す。そなたの善行を口にするなと申すのか」

「はい。役目を果たしたまでのこと。そうしておいていただきとうございます」

「うーむ。そう申すのであれば仕方ない。胸に留めおこう」

わしは陰徳を積むことこそが、仏弟子としての姿であると常々考えておった。そのための画料を求めることが、困窮する人々の救いにつながれば、師の教えに沿うことだと決めての行いじゃった。

施米の恩恵を受けた市井《しせい》の人々は、誰もがお奉行の力量に感謝を口にしておったが、その声にお奉行は、わしと約した以上施米がおのれの手柄ではないことを口にすることができず、面映《おもは》ゆかったようじゃのう。

若き日の谷文晁来訪

一

まだ天明の飢饉による疲弊の癒えない翌八年（一七八八）も、水無月（新暦七月）を迎えた。

しとしとと降りつづいた梅雨の雨も一段落した或る日の朝。

（今日は上天気じゃ。梅雨明けも間もなくじゃろう。じきに夏の暑さがやってくるのう）

季節が移ろうとする朝の空を見上げたわしは、今年こそ稲の稔りが無事であることを願いながら読経を終えると、朝餉の箸をとった。

献立はいつもと変わらず麦飯と味噌汁、そして大根の糠漬け。だがこの朝の味噌汁の具は、珍しく浅蜊貝《あさりがい》じゃった。

「今朝の汁は馳走じゃのう」

笑顔でおふくに話すと、大湊《おおみなと》の浜に潮干狩りに出かけた息子が届けてくれた、と聞いた。

「ありがたいことじゃ。くれぐれも礼を申しておいてくれ」

「おたいの息子に礼なんかよろしいがな」

「いやいや。おまえは親子じゃが、わしは赤の他人。礼を伝えてもらわねばのう」

「へえ。わかりました。ゆうときますわ」

そんな言葉を交わしながら朝餉を終えると、おふくに握り飯を作らせ、小僧を伴って写生に出た。

久しぶりの晴天を楽しむように足を延ばし、朝熊山《あさまやま》の麓《ふもと》まで来ると、少し歩き疲れた様子の小僧に、

「そろそろ昼飯にしようかのう」

と、畦道に腰かけ、山を見上げながら二人揃って握り飯を食べはじめた。

すると、早苗が風に揺れる田圃に白鷺が舞い降りてきた。

まっすぐ伸びた首を上げ下げしながら、餌をついばむ様子を目にすると、矢立と筆紙を取り出して、素早く写し取り、その画を小僧に見せながら言った。

「あの鳥は田圃の小さな蛙を食べに来たようじゃのう」

「へー、なんか蛙がかわいそうやなぁ」

「ははは。そうじゃのう。じゃが生きものはみな自然の習いによって食べものを口にして

命をつないでおるのじゃ。おまえも野菜や魚を食べて生きておるじゃろう」

「そうか……」

「そうじゃ。海や山の尊い恵みをいただいて生きておる。食べものを粗末にしてはいかん。感謝して、ありがたくいただくのじゃ。そのことを忘れるでないぞ」

はい、と笑顔で返事をした小僧の頭を撫でながら、食べ終えたわしが手を合わせ、ごちそうさまでしたと呟くと、小僧も真似て手を合わせるのじゃった。

二

やがて眼にしたいくつかの景観を写し取り、神々の御饌《みけ》に供する米を育む神田に育ちはじめた稲を眺めながら帰路についたわしが、寺に戻りしばらくくつろいでおると、間もなく見知らぬ客人が寂照寺を訪れたようじゃ。

「御坊の月僊上人さまにお会いいたしたく、お邪魔いたしました」

「へえ、どなたさんで……」

迎えたおふくが訊ねると、

「江戸から参った谷文晁《たにぶんちょう》と申します」

そう聞いたおふくが、奥の間にいたわしに江戸からの来客を告げると、なにようの来訪かと考えながら、おもむろに立ち上がり文晁と向き合《お》うた。

文晁は長崎に渡来した清の画家、沈南蘋《しんなんぴん》の影響を受けた南蘋派《なんぴんは》や狩野派《かのうは》などの諸派を学びながら、南画、大和絵の手法を採り入れて、のちに独自の画風を確立した画人じゃが、この日の文晁はまだ若き習画の途上じゃった。

江戸でも評判のわしの画風に、学ぶものがあればと訪れたのじゃ。

「拙僧がお訪ねの月僊じゃが、何用でござる」

「はい。わたしは画を学ぶ若輩者でございますが、御坊にご教授願いたく参上いたしました」

謙虚に申し出た文晁の、言葉使いと人柄に好感を抱いたわしは、その目を見てうなずくと文晁を招き入れた。

「江戸からお越しと聞いたが、こんな田舎の坊主から何を学ぼうというのでござる」

「はい。御坊のお名前は江戸でも評判ゆえ、ぜひにもお目にかかり、ご指南いただきたく参上いたしました」

「うむ。ならばそなたの画を見せてもらえるかのう」

「はい。ここに持参しております」

「うーむ……」

と、小さく声にしてうなずくと、わしは描きためていた幾枚かの画を持ち出した。

「この画はそなたの筆遣いとは似ても似つかぬものじゃ。この筆致からとるものなどなかろうに」

と、互いの画を見比べながら伝えたが、文晁は自らの画は惜しげもなく墨を注ぐように描くことを身上としているが、わしの画はまるで墨を惜しむかのように、痩せた筆の乾いた筆致に淡墨《たんぼく》で画を整えていることに衝撃を受けたようじゃ。

「わたしには、真似のできない筆遣いでございます」

「うむ。じゃがそなたの筆遣いも、わしには真似のできぬものじゃのう」

そう笑いながら話すわしに、笑いで返した文晁とのやりとりは、互いの画法の細部に及び日没までつづいた。

そこでおふくに告げて、麦飯に一汁二菜の夕食を供した。

じゃが江戸に暮らし、美食に馴染んでおった文晁は、その献立を目にして言葉を失ってしまったようじゃ。

大根の汁にうすく切った茄子を塩もみしたもの、そして里芋の煮物をしばらく眺めておったが、

「御坊はいつも、こうした献立を食しておられるのでしょうか」

「うむ。今日は珍しく江戸からそなたを迎えたので、一菜加えさせてもらいましたのじゃ」

と、心ばかりのもてなしであることを伝えた。

その言葉に文晁は、名を馳せた画人でありながら、わしの日々の暮らしの困窮を推測したのじゃろう。

「まことに失礼なことをお聞きしますが、御坊の潤筆料はいかほどでございましょう」

「うーむ。そうじゃな、年に九十両ほどになりますかな」

「えっ。九十両でございますか」

文晁は、予想に反した金額に驚いたようじゃ。

(江戸ではかなりの評判を得ている自分でも、一年に百両に満たないが、こんな田舎にいて九十両とは……)

文晁は供された献立と潤筆料との落差に、不可解さを覚えずにはいられなかったのじゃろう。

額を聞いて驚いたようじゃが、乞われれば金額の多寡を問わず、わしが描いて積み上げ

た九十両という金額が、いかに多作であったか知る由《よし》もなかったはずじゃ。

それもすべてが、わしの画を衆生済度の方便とするためであり、画料蓄財のための粗衣粗食のみならず、日々の質素倹約がわしの暮らしそのものだったのじゃ。

翌朝。

一枚の画を残して寂照寺を辞した文晁じゃったが、わしはその画を改めて眺めておった。

（見事な筆遣いじゃ。若さゆえの向学心に、まだまだ技量は上達するじゃろう。わしも負けてはおれぬわ。ははは…）

わしは若き文晁が、江戸から指南に訪れた向学心に、おのれの江戸、京に学んだ若き日を重ねながら笑って呟いたのじゃ。

宮川の渡しに舟橋架橋

一

若き画人の来訪があってのち、文月《ふみづき》も五日を迎えた。

この日下男の伸助は、在所《ざいしょ》の楠部《くすべ》村が内宮御正宮の御神体がお遷《うつ》りになる新宮《にいみや》造営の御用材を運ぶお木曳《きひき》行事の役務《えきむ》についた。

神鎮《かみしず》まる宇治と山田の町は、二十年に一度宮遷《みやうつ》りする式年遷宮《しきねんせんぐう》の五十一回目を翌年に控えておったのじゃ。

入山して間もなく、正宮に隣接する宮地に新しい社殿を建て、神の遷御《せんぎょ》を斎行する式年遷宮が、古代より連綿と斎行されていることを聞いておったが、一連の行事に奉仕する民が、腐心しておる様子を見聞きするたびに、わしには一抹の不安があった。

遷宮に際して社殿造営の御用材を、あらかじめ地元の神領民が宮域《きゅういき》まで運び入れるお木曳《きひき》行事は、天明三年からはじまっておったが、御杣山《みそまやま》に定められた紀州領大杉山は奥深く、嶮岨《けんそ》な難所であったため御用材の伐《き》り出しに難渋《なんじゅう》しておった。

さらに豪雨による洪水で海に用材が流出してしまうなど、先例のように順調に進んではいなかったのじゃ。

しかも遅れたことで、天明の飢饉と重なってしまい、困窮する人びとにとっては役務《えきむ》もままならず、僅かな人の手で細々と御用材を運ばねばならなかった。

伸助もそのひとりとして、少ない人手で奉曳《ほうえい》する綱を手に、力をこめて奉仕に勤しんだ。苦心して役務に奉仕する人々をたびたび眼にはしておったが、わしは気を揉みながらも無事御正宮が造営されることを祈るしかなかったのじゃ。

八月になると、内宮御正宮の御扉《みとびら》にあたる御神木の奉曳《ほうえい》が、遷宮再興に尽力した尼僧、慶光院《けいこういん》の名を冠した慶光院曳によって斎行《さいこう》された。

戦乱によって、いっとき途絶えた御遷宮の再興に功あった尼僧の名に恥じぬ奉曳だけに、綱を手にする人々は活気にあふれ、木遣り子の振る采《ざい》と木遣り歌に導かれて、参宮街道をエンヤ、エンヤと掛け声をかけながら曳《ひ》く人々の姿を眼にすると、

（みんな神鎮まる町の民としての誇りに溢れておるような笑顔じゃ。天照大御神御鎮座以来、永い歴史が培ってきたものじゃろう）

やがてお木曳車に載せられた御神木が寂照寺の前にさしかかると、わしは無事神域の到

着を祈るように手を合わせて見送ったのじゃ。

（これで御遷宮も滞りなく斎行されるはずじゃ）

胸を撫でおろすかのように呟いたが、いよいよ遷御《せんぎょ》を迎える年が迫るなかで、飢饉によって疲弊した町の、政《まつりごと》を担う自治役所である宇治二郷年寄と、山田三方会合《さんぽうえごう》の憂慮は尽きることがなかったようじゃ。

神宮の遷宮費用は、将軍家から三万石の寄進があり目途は立っていたが、道の修理や宮川の架橋に関しては、両役所ともに資産はなく、旧来の習わしのように町民に割り当てることも考えてみたが、疲弊した人々から徴収することなど忍びない状態だった。

そこで道を最低限の補修に留めることにはしたが、遷宮のたびに行ってきた宮川への舟橋の架橋などは思いもよらないことだったのだ。

二

親しくしていた宇良《うら》の口《くち》（現・浦口町）の紙問屋、巴堂《ともえどう》の主人《あるじ》が重陽《ちょうよう》を迎えた夕七ツ（四時）を過ぎたころ、菊の切り花をもって寂照寺を訪れた。

「和尚さん、今日は菊の節句ですなぁ」

「うーむ、そうじゃな。めでたいことじゃ。菊の匂いは邪気を払うというからのう」

「菊の花で一句詠まれたらどうですな」

「まぁのちほど……な」

そんなやりとりから、二人はしばらく世間話をしていたが、やがて話は遷宮に及んだ。

「和尚さんも俳諧に親しまれるお人やから、芭蕉さんを知ってますやろ」

「うむ。いくつか残された句を存じておるが」

「その芭蕉さんが、今からちょうど百年前の御遷宮にお参りに来ましてな、『尊さにみな押し合いぬ御遷宮』と詠んでますんや」

「ほうー、芭蕉さんにそんな句があったのかのう」

「はい。それから百年たった今、お伊勢さんへの信仰はくらべもんにならんくらい広まってますやろ」

「うむ。そうじゃな」

「そやで、今度の御遷宮はなんとも心配でしかたないんですわ。皆押し合うどころやのうて、このままでは山田の町が大混乱してしまうような気がしてならんのですわ」

「うむ。町衆の暮らしも、飢饉からまだ立ち直っておらんようじゃからな」

「問題は宮川の渡しですわ」
「ほう。渡しにか……」
「そうなんですわ。この前の御遷宮では舟橋を架けて、お参りの人びとを歩いて渡すことができましたんやけど、ここままやったら普段通り、渡し舟や人足の手で渡さんならんのですわ。そうなったら、桜の渡しも柳の渡しもごったがえしてしもて大騒ぎや」

巴堂からそんな状況を耳にしたわしは、いまひとつ実感のないまま主人と別れたが、翌朝七ツ半（五時）過ぎに目覚めると、昨日聞いた巴堂の話が気にかかり、宮川の桜の渡しを訪れてみた。

朝日を背にしながら土堤《どて》に立ち、川の流れを眺めていると、巴堂から聞いた芭蕉の句がうかんできた。

（ふーむ。みな押し合いぬか……）

宮遷りとなった御正宮に、お参りしようと訪れる多くの参宮道者の旅も、やっとこの宮川に来て、渡し舟や人足の手配を待ちながら足止めされてしまう様子を浮かべると、その混乱ぶりは容易に想像できた。

そこでさらに土堤を上流に歩き、伊勢本街道と熊野街道から参宮に来た人々に設けられた柳の渡しにも訪れてみた。

静かな川の流れじゃが、雨がつづいて川留めともなれば……。

そう考えると深いため息がでた……。


「和尚さん、朝のはようからなんですんやな。じっと川を眺めて」

地元の年寄りだろうか。黙って川を眺めているわしに、声をかけながら歩み寄ってきた。

「いや、どうもない。柳の渡しを見ておりましたのじゃ」

「ええ天気やで、今日も賑わいますやろなぁ。そやけど昔はこの川も暴れ川といわれてましたんや。今から百五十年くらい前は、しょっちゅう氾濫しとったそうですわ」

「ふーむ。そうじゃったのか。今は静かなものじゃがなぁ」

「そんな川をなんとかせないかんと、松井孫右衛門という人がな、みんなの手を借りて何回も堤防を造りましたんやが、あきませなんだ」

「ほう。そんなご苦労があったのじゃな」

「へえ。それでも孫右衛門さんはあきらめんと、全財産をなげうって、とうとう五本のはねだした堤防を造りましたんや」

「なるほど。いま見ておる堤防がそれじゃな」

「へえ、そうですわ。堤防が出来上がりますとな、孫右衛門さんは二度と氾濫せんようにと、川を治めるための生贄になって、神さん、仏さんに祈ろうと考えましたんや。そこで堤防に穴を掘って人柱になって鎮まりはったそうですわ。それからですわ。この川も治まったんやと聞いとります」

「ほう…。昔この川でそんな出来事があったのか」

川の氾濫を防ぐための堤防を造り、人々の暮らしの安息を祈ろうと、自ら命を捧げた義人の話を聞いたわしの心はその場で決まった。

（飢饉に費やした金子の残りと、御遷宮に合わせて参拝に来る人々を見込んで、館の襖の張替などに画を求めた御師たちの画料の蓄えがある。その金子を使えば、舟を並べたその上に板を渡す舟橋の架橋はなんとか叶うじゃろう。孫右衛門さんの供養にもつながるはずじゃ……）

三

わしはその足で、一之木町の浄土宗知恩院末寺《まつじ》、欣浄寺《ごんじょうじ》に隣接する山田の自治組織である三方会合所《さんぽうえごうしょ》に出向いた。

（仏門に仕える者が、架橋功徳を積むことは知っておったが、広く浄財を募っての行いと聞いておる。じゃがわしは、分不相応やもしれぬが、おのれで人や町の役に立つことをせねば）

柳の渡しから一之木へ向かう道を歩きながら、浄財を募ることなど頭の隅にもないわしが、凡《およ》そ十八町の道のりを経て会合所に着くと、居合わせた役人に舟橋の架橋に財施することを申し出た。

「お邪魔いたす。突然の申し出じゃが、拙僧が宮川の架橋功徳を積ませていただきたく思いお伺いしました」

「…………」

名を知らぬ坊主の、予期せぬ言葉に驚いた役人たちは顔を見合わせ、しばらく言葉が出ないようじゃったが、

「舟橋を架けるための金子を、拙僧に引き受けさせてくれませぬか」

役人たちには、思いもよらない申し出であったが、みすぼらしい僧衣に身を包んだわしの姿を見て、半信半疑の眼でしばらく眺めておった。

するとある役人が言った。

「お坊さん。ほんとに橋を架ける金子を出してもらえるんですかいな。ありがたいことやけど、わずかな金で橋は架けられませんな」

「うむ。とりあえず百両と考えておるのじゃが。それで足らずとなれば申してくだされ」

「なっとな。百両かいな。ほんまですか。そんなありがたいことはないわ」

「いやいや、この町で仏道修行をさせていただいておる拙僧が、お役に立つのであればと思ったまでのこと」

「なっということや、ありがたいことやなぁ」

「おお。百両もあったら、なっとか舟橋は架けられるやろ。なあみんな」

「おおそうや。舟橋は架けられるぞ」

「おおきに、おおきに。よかったよかった、ありがとうございます。これで安心ですわ」

申し出を受けた役人たちは口々に礼を述べ、飢饉に伴う疲弊のため、あきらめかけていた舟橋の架橋が実現できると大いに喜び、みなが胸を撫でおろした。

「舟橋が架かったらお参りの人らも、混乱せんと川を渡って行けますやろ」

「うむ。ならば明日にでも百両持参いたそう。よろしくおとりはからいくだされ」

「ええっ。さっそくもらえますんかいな。ほんまにありがたいことや」

「なあ、みんな。こんなありがたいことはあらへん。よかったなぁ」

わしの申し出によって、遷宮を期に訪れる参宮道者が受けるであろう恩恵に、役人たちは旅の人々を迎える山田の民としての喜びを噛みしめていたようじゃ。

このときわしは架橋財施の行いを、役人たちに口止めしなかった。喜ぶ人々の笑顔に、口にすることを失念してしもうたのじゃ。

帰路そのことに気付いたが、

（名を名のったわけでなし、どこかの坊主が金子を出したと伝わるだけじゃろう。人々の助けになる財施じゃ、それでよいわ）

と、笑いながら呟いた。

じゃが、会合所の別室には御師の三日市太夫も役人として控えており、わしの来訪を知っておったが、あえて姿を見せず成り行きを静観していたようじゃ。

なのでわしが辞去して直ぐに、その存在は明らかになっていたらしい。

翌日。約した通り百両を持参すると、会合所の役人は口々に詫びた。

「上人さん。うれしさのあまり、お名前をお聞きせずにご無礼をいたしました。お許しください」

「いやいや。気になさらずともよいではござらぬか。ここに百両持参いたしましたぞ」

「ありがたいことです。お受けさせていただきます」

「うむ。さっそく舟橋架橋の手はずをととのえてくだされ」

そう告げて会合所をあとにしたが、

(どうやらわしの名を知られたようじゃな。もう名を伏せることに拘《こだわ》らずともよいじゃろう)

そんな呟きに、茜色に染まりはじめた空の雲がうなずいているようじゃった。

街道の峻険さを憂い改修の金子拠出

一

二月《ふたつき》余りで舟橋の架橋も完了し、改元なった寛政元年（一七八九）。笑顔で宮川を渡る参宮道者の数も次第に増えはじめた九月。

吹く風が、かすかに秋の訪れを告げると、第五十一回神宮式年遷宮は皇大神宮《こうたいじんぐう》（内宮《ないくう》）、次いで豊受大神宮《とようけだいじんぐう》（外宮《げくう》）の遷御の儀が厳粛に執り行われ、宮遷りは無事斎行された。

眩いほどに光り輝く新宮《にいみや》に、天照大御神《あまてらすおおみかみ》と豊受大御神《とようけおおみかみ》の御神体がそれぞれ宮遷《みやうつ》りされたことで、宇治と山田の町は誰もが喜びに浸っていた。

また、ようやく飢饉による疲弊から脱した全国各地の人々が、新宮に遷《うつ》られた大御神の御神徳を願う参拝に訪れ、町は賑わいを取り戻しはじめた。

おかげ参りと称する参拝者の数は、宮川の渡しにおける記録によると、この年二百八万人とあるが、当時の日本の人口は凡《およ》そ三千万人余りであったから、いかに多くの人々が参宮に訪れたか推測できるだろう。

参宮道者が往来する古市の間の山には、三大楼として名を馳せた備前屋、杉本屋、油屋をはじめ妓楼は七十八軒、遊女は千人を誇る歓楽街として、夜毎《よごと》華やかな宴《うたげ》が繰り広げられ、街道は活況を呈していた。

だが、そんな賑わいをみせる間の山の街道は、長峯《ながみね》とも呼ばれたように二十丁（約二キロメートル）余りの、峰の背を切り開いて造られた道で、それだけに険路《けんろ》であった。

徳川の初期までは、人家などほとんどなかったが、やがて旅籠、遊郭、芝居小屋などが建ち並ぶにつれて、界隈は発展を遂げたにもかかわらず、道は険路のまま放置されていたのだ。

地元に暮らす者も、往来する旅人も、岩石がいたる所に突出している荒れた道には難儀していた。

天候を問わず、街道を行き交う人々は絶えることがなかったが、なれない道の石に躓《つまず》き、怪我《けが》をする参宮道者も多く、日が暮れれば歩くのも難儀なことだった。

（神の加護を願いに神宮を訪れる人々が、ここにきて怪我をするなど見て見ぬふりをしていてよいのじゃろうか。この道をなんとかせねば……）

わしは、早くからそんな道が気がかりでならなかったが、思案しながらも手をこまねいておったのじゃ。

師走になって暦も七日となった朝。

夕べからの冷たい雨が、どうやらやんだようだと街道に出てみると、道のぬかるみは乾ききっておらず、内宮参拝を目指す参宮道者はいつものように難渋しておった。

そのなかに水溜まりを避けて歩く年老いた女がおったが、突出した岩石に躓《つまず》き転倒する様子を目にした。

（あー、気の毒なことじゃ。これではどうしようもない）

わしはその老女に手を差し伸べて、境内の井戸まで連れてくると、

「さあ、手も足も洗い流そう。遠慮はいりませんぞ」

やさしく水をかけ、泥水で汚れた手足を洗ってやった。

「ご親切にありがとうございます」

何度も頭を下げて街道に出ていった老女のうしろ姿を眺めながら、わしは漠然と考えていたことが叶うかもしれないと、下男の伸助を呼び寄せた。

「伸助、すまぬが備前屋と杉本屋に行って、ご亭主に御足労じゃが寺にお越しいただきた

いと伝えてくれぬか」
「へえ。備前屋さんと杉本屋さんですな」
まもなく訪れたふたりは、わしに呼ばれたことで、なにごとかと少し構えておった。
「お呼びたてして申し訳ない。お越しいただき礼を申します。実はお二人に相談があって
お越しいただいたのじゃ」
「なんですんやな相談て。わたしらにできることですかいな」
「うむ。わしはこの寺に来てからずっと前の道を気にしておったのじゃ。みんな難儀して
おるからのう」
その言葉にふたりの主人《あるじ》は顔を見合わせて、
「そうですなあ、困ったもんですわ」
「うむ。そこでじゃ。わしはこの道を修繕したい思うのじゃが、わし一人ではどうにもな
らん。そこで考えたのじゃが、この界隈で繁盛しておるそなたらの茶屋にも、少し手伝っ
てもらえんかと思うてのう」
「手伝いて、どんなことですんや」
「うむ。修繕に費《つい》やす金子を、そなたらにも少し手伝ってもらえんかということじゃ。茶
屋に来た者たちから稼いだ金子の一部でよいのじゃが……」

そう聞いたふたりは再び顔を見合わせうなずき合うと、

「和尚さん、そら無理ですわ。なんでわしらが金子を出さなあかんのやな。そんなん、お上のすることですやんか」

「そなたたちの茶屋に来てくれる客のためや、地元の人らのために、道をなんとかしようとは思わぬのか」

「いやいや。道がよかろうが悪かろうが、おなご目当ての男は来てくれますんや」

「じゃが、この町で商うそなたたちならば、町のために尽くしてくれてもよいではないか」

「…………………………」

「ふーむ、そうか……。やはり無理な相談じゃったか。ようわかり申した」

（人の心の内を探るつもりなどなかったが、やはり無理な願いじゃったか。人は助け合わねばならぬと建前では思っておるが、本音は自分さえよければと考えておるようじゃな。ひょっとして、人のため、町のために修繕を手伝う気があるとしたら、とも思ったが、何のために利を得ていくのか。それはおのれのため、ということか。どうやら阿弥陀さまの物差しを持ち合わせていなかったようじゃが、世のなかはそれでよいのじゃろうか。人は人に尽くして人になる、とわしは考えておるのじゃがな……）

ふたりの反応に、わしは半分予想していたものの落胆してしもうた。じゃが、おのれが口にしたことでもあり、なんとしても道の修繕は成し遂げねばならぬと考え、三月《みつき》前に新しく赴任されたお奉行の堀田土佐守正貴《ほったとさのかみまさたか》さまを訪ねることにした。

二

大雪《たいせつ》も末候を迎えた朝。

空はどんより曇っており、北風が運ぶ枯葉が道を舞うように流れていた。

底冷えのする道を、襟元をふさぎながら外宮北御門から神路通を抜け、月夜見宮に黙礼したあと歩を進めると、寒気におおい包まれた田畑には霜が降りていた。

そのせいじゃろうか、無人のように静まる村をひとり歩き、やがて宮川の土手に出ると、大気はさらに冷とうて、わしの吐く息が寒空にとけてくようじゃ。

やがて白い息の向こうに建物が見えた。

「あれじゃ、あれじゃ」とうなずきながら歩を進めたわしは、まもなく宮川右岸下流の小《お》林《はやし》に置かれた奉行所に着いた。

迎えに出た下女に訪いを告げると、内与力が出て問うた。

「そなた何者でござる」

「はい。拙僧は月僊と呼ばれておる坊主でございます」

「ほう。そなたが月僊どのか。名は存じておるぞ」

と、言ってしばらくわしの顔を眺めておったが、

「して何用じゃ」

「はい。お奉行さまにお聞き届けいただきたきことあり、お邪魔いたしました」

そう聞いた内与力は、わしの目に濁りのないことを認めたのじゃろう、

「……………うーむ。あいわかった。しばし待て」

と、告げてお奉行に伺いに向かったようじゃった。

やがて案内された書院の下座に畏《かしこ》まって待っておると、間をおかず現れたお奉行にわしは平伏して口にした。

「お奉行さま。拙僧は号を月僊とする、下中之郷地蔵町の寂照寺に住持しております、玄瑞と申す坊主でございます」

「うむ。前任の野一色どのより、貴僧のことは耳にしておるが」

「突然のお申し出、まことに恐縮でございますが、お願いいたしたきことがあり参上いたしました」

「うむ。して願いとは」

「はい。拙僧の寺は、参宮道者が行き交う長峯とも呼ばれておる間の山にございますが、そこを通る街道は実に峻険《しゅんけん》なものでみな難儀しております」

「そうか。拙者まだその道を訪ねたことなどないが、それは気の毒なことじゃな。して、どうしようというのじゃ」

「はい。まことに僭越《せんえつ》ではございますが、その道の改修にかかる金子をお預けいたしますので、どうか修繕のご手配を賜りたく、お願いにあがりました」

「ほう、そなたが修繕の金子をだすとな」

「はい。仏道修行の身として、人さまのお役に立ちとうございます」

奉行はその言葉に、しばし目を閉じて腕組みをしていたが、前奉行から飢饉に施米の金子を拠出した善行を耳にしており、それなりの考えがあって金子は算段しているのだろうと推測した。

「うむ、あいわかった。ありがたいことじゃ。早速に人足の手配をいたそう」

「なにとぞよろしゅうお願いいたします」

「うむ。じゃが、いかほどの金子が入用か。拙者もその道を検分してみないとのう」

「はい。拙僧が見たところ、二百両もあればと思うのでございます」

「ふうむ。二百両とな」

　呟くように口にしたお奉行は、しばらくわしの顔をじっと見つめておったが、改修にあたる親方と人足十人、ひと月余りでなんとか完了できる、と考えての二百両であることを告げると、お奉行もその目算に得心されたようで、

「あいわかった。その金子、一旦預かろうぞ」

「ありがとう存じます」

「うむ。その二百両、折を見てご持参下され」

「はい。そこで失礼とは存じますが、その界隈には旅人に金子の施しを求めて寄り集まっておる貧民がいくばくかおります。できますれば、そのなかから力仕事に使えそうなものがおりますれば、人足として雇ってやることができないものかと考えておるのですが……」

「なるほど。それはよい考えじゃな。拙者から申し伝えておこう」

三

　年が改まった翌二年。

小正月が過ぎると、奉行の手配によって険路の改修がはじまった。

奉行の指示を受けた親方のもとには、知った顔の貧民ふたりを含んだ人足らが、岩石を取り除く力仕事に勤しんでおった。

額に汗して働く姿を日々眺めていたわしは、あるとき人足の親方を訪れた。

「苦労を掛けておる。すまぬことじゃ。もし金子が足らなくなったら申してくれ。なんとかしようぞ」

「へえ。足らんことはないと思いますけどな。もしそうなったら和尚さんの画で払《はろ》てもらいますわ」

そういいながら、親方は笑って仕事を進めてくれたのじゃ。

やがてひと月余りが過ぎたころ、いたるところに突出していた岩石は取り払われ、平坦な道が出来上がった。

また親方は、二人の貧民の働きを認めたようで、つづけて雇うことを約してくれた。

（残る貧民もあのふたりを見て、施しではなく自分の手で暮らしの目途を立ててくれればよいが……）

わしはひそかにそう願ったのじゃ。

改修なった道を行く参宮客や、町の人びとの姿を安堵しながら眺めていた或る日。

金子の協力を断った備前屋と杉本屋の主人《あるじ》が、見違えるようになった道を見て、なにか相談したのじゃろう。揃って寺を訪れた。

「和尚さん。先だってはすみませなんだ。わずかやけどこの金子、受け取っておくんない」

「ほう。またどうした心変わりじゃ」

「へえ。あんなええ道になるとは思いませなんだ。和尚さんのおかげですわ。遅なりましたけど、この金子を足しにしておくんない」

「うーむ。そうか、そうか。それはそれはなんともありがたいことじゃ。そなたらも阿弥陀さまの物差しに気付かれたようじゃな」

笑って受け取ったわしは、仏心に気付いた二人がこれから先も、何かと町に寄与してくれるはずだと得心するのじゃった。

四

険路の改修を終えてのち、如月（新暦三月）も三日《みっか》となった。

東の空が明るくなりはじめた明け六ツ（六時）過ぎ。

（どうやら二日つづいた雨もあがったようじゃ。今日は良い天気になるじゃろう）

境内に出ると白梅の蕾もひらきはじめていた。

（うーむ。あの雨は、まさに催花雨《さいかう》じゃったな……）

春の訪れを日毎《ひごと》覚えるようになると、参宮に訪れる人々も次第に増えはじめ、改修なった道を行く人々の姿を、笑顔で見送っていたわしのもとへ、鹿海《かのみ》村からいつも野菜を売りにくる弥平がやって来た。

「おお、弥平さん。今日は手ぶらでどうしたのじゃ」

すると問われた弥平は、

「和尚さん、賄いをさせる女《おなご》は足りてますかいなぁ」

と、唐突に尋ねた。

「なんじゃ、いきなり」

「へえ。わいの姪を使《つこ》うてもらえんかと思いましてな」

「うーむ。いまのおふく婆さんになにもかも任せておるが、結構無理をさせておるようじゃでのう」

「ほんなら、なっとか使《つこ》たってもらえませんかいな」

「その姪はいくつなんじゃ」

「へえ。十九になりますんや」

「ほう、十九か。なにか訳がありそうじゃな」

「へえ。じつは半月前に亭主を川で亡くしてしもたんですわ」

「ほう、川でか」

「へえ。御裳濯川《みもすそがわ》の河口の汐合《しおあい》で、好物の甘露煮をつくろうと鮒釣りをしとったんやが、降りつづいとった冷たい雨で増水した川に、足を滑らして溺れてしもたんですわ」

弥平の姪は、まだ寒さが厳しいのに、わざわざ川へ出向かなくてもと、止めたそうだが笑顔で出掛けたまま帰ることはなかった、と嘆いているという。

「それは気の毒なことじゃな」

「姪は亭主が死んでしもたことで、自分も死にたい、死にたいとゆうて塞ぎ込んでますんや。このままほっとくとようないと思いましてな。和尚さんのとこやったら、なっとか立ち直らせてもらえるのやないかと、かかあと話してましたんや」

「そうか。その姪子《めいご》が落胆してしもうたのも無理のないことじゃな。じゃが、そんな塞ぎこんだ女《おなご》ではのう……」

「そういわんと、なっとか、なっとか和尚さん。助けると思て、なっとか頼みますわ」

「うーむ。おまえの頼みじゃからのう。無下に断ることもできんな。賄いに使えるかどうか、しばらく預かってみようかのう」

「おおきに。よろしゅう頼みますわ」


なんども頭を下げて帰った弥平は翌日の黄昏どき。

ひと抱えの野菜と一緒に姪をつれてきた。

「和尚さん。こいつが姪のおよしですわ。よう言い聞かせてありますんで、よろしゅうたのみます」

「うむ。およしさんか。事情は弥平さんから聞いておる。気の毒なことじゃったのう。しばらく寺でのんびり働いてみるか。どうじゃ」

「…………」

「黙っとらんと、挨拶せんかな」

「叱らぬともよいではないか。さ、本堂にあがって阿弥陀さまに手を合わせな。亡くした亭主の供養じゃ」

弥平についておよしは素直に本堂にあがり、阿弥陀如来に手を合わせ、ふたりそろって念仏を唱えた。

素直に念仏を唱えるおよしの様子に、弥平はひと安心したのじゃろう。

「おおきに和尚さん。どうぞよろしゅうたのみます」

「うむ。承知した。しばらくは寺に寝泊まりさせようと思うておる」

「それはありがたいことや。なぁおよし。そのほうがええやろ……」

「………………」

黙ってうつむくおよしの顔を眺めながら、深々と何度も頭を下げて辞去した伯父を、黙って見送ったのち、所在なげに佇んでいたおよしに、

「心配せずともよい。おふくから賄いや雑用など聞いてのんびりやればよいわ」

すると、およしは囁くような小声で、

「はい……」

と返事はしたが、うつろな目が心情を示していたようじゃ。

やはり死んだ亭主のことを悲しんでいるのだろうと思うたが、とりあえず台所につれてゆき、おふくに引き合わせておいた。

（はて、塞ぎ込んでいる女《おなご》をどうしたものか。とりあえず様子を見るしかないじゃろう）

翌日から賄いの手伝いや、命じられた雑用をそれなりにこなしていたようだが、およしの口は重いまま三日が過ぎた宵五ツ（午後八時）を過ぎたころ。

（死んだ亭主のことを思っておるのじゃろう。しばらくはそっとしておいてやろう）

境内の隅に、ぼんやり佇んでいるおよしを眼にしたが、あえて声をかけずにいたのじゃ。

（あんた、なんで死んでしもたんや……。おたいはなっとしたらええんや……）

重い哀しみが胸に迫ってきて、泣きながら囁くおよしに、空にかかる十六夜《いざよい》の月は寂《せき》寥《りょう》を慰めるはずもなく、皓皓《こうこう》と輝いていた。

翌日も、そのまた翌日も、およしは暗い境内の隅にいた。

およしの心のなかには失望と無念さが、まるで渦を巻くように漂っていたのじゃろう。

わしは、涙が涸れるまで泣けばよい、と考えておった。

じゃが、夜毎《よごと》そんな様子を目にしていると、哀憐《あいれん》の情が浮かび、やがて声をかけずにはいられなかったのじゃ。

（いまのおよしに、慰めの言葉は余計に哀しませるだけじゃろう。じゃが、生きるということは、ときには耐えることでもあると話してやらねばならん）

「およし。そんなところでなにをしておるのじゃ」

「…………」

呼びかけに振り向いたが、口を開こうとしないおよしに歩み寄ったわしは、師の関通さまの死に塞ぎ込んでしもうた、おのれの日々を重ねるように言った。

「お前の悲しさはようわかる。亭主が死んでしもうたことは辛いことじゃ。察するに余りある。わしにも覚えのあることじゃが、なにごとも月日の流れが、悲しみも苦しみもやわらげてくれるはずじゃ」

「そやけど和尚さん、そんなこと言いはりますけど……」

「なんじゃ」

「もうええんです、ほっといてください」

手で顔を覆うように泣きだしたおよしの肩に手を置いたわしは、

「よいか、およし。死んだ者が帰ることはない。済んでしもうたことは戻せんのじゃ。じゃが、これから先のことは変えられる。おまえの心次第じゃ」

「そやけどおたいは、もう生きとっても仕方ないや…」

ほとばしるように口にしたおよしに、

「なにを言う。人はな、誰しもいろんな悲しみや苦しみを抱えながら生きておる。じゃが死ぬときが来るまでは、授かった命を慈しみ、力を尽くして生きねばならぬのじゃ」

「…………」

「よいか、およし。誰もが弱くて情けない自分と、強く生きようとする自分を、心のなかにもっておる。生きていても仕方がないというほど弱い、情けないいまのおまえにも、強く生きようとする自分が隠れておるはずじゃ。強く生きることが死んだ亭主への供養にもなるのじゃ」

だが、およしはその言葉にも耳を傾けず、聞き流してしまおうとしていた。

「もうこれ以上は言わぬ。じゃが前を向け。お前には明日という日がある。戻らないうしろには哀しみしかないのじゃ」

すすり泣くおよしの手を取ると、

「泣くだけ泣け。泣けばわしの話も少しはわかるかもしれん」

およしの目を見つめながら、わしは慈父のようにやさしさをこめて口にした……。

五

亭主を亡くし塞ぎ込んでいたおよしも、寺に来てやがて三月《みつき》。

月日の流れとともに次第に立ち直りをみせたが、やはりふとした拍子に、およしは死んだ亭主のことを思い出した。

だが、そのたびにわしに言われた言葉を思い浮かべ、もう元には戻らないのだといい聞かせ、明るくふるまうよう努めていくうち、心に開いた穴も徐々に塞がりはじめた。

すると、日を重ねるにつれて活気づく様子を目にしていたおふくも、どうやら安心したようで、夏の暑さから老いた身体を労《いたわ》るように、暇を取って寺を辞した。

およしも、住み込みから通いとなって、弟子や下男の伸助らと冗談を交わすほど明るく働くようになった晩夏。

いつのまにか集《すだ》く虫の音が聞こえはじめた或る宵の口。

夕餉を済ませたわしが外に出て、上弦の月をかすめるように流れていく雲を眺めておると、一日の賄いごとを終えたおよしが、

「おやすみなして…」

と、頭を下げ、帰ろうと山門まで歩んでいった。

「和尚さん、和尚さん。えらいことです」

「なんじゃ、大きな声を出して」

「子どもが、子どもがうずくまってますんや」

「なに、子どもがか」

そう聞いて駆け寄ると、腹を押さえながら顔に脂汗を滲ませる小童《しょうどう》がいた。

「これはいかん。およしよ、伸助を呼んできてくれ」

呼ばれた伸助に小童を担がせ、小部屋に寝かせたのち、

「およし。わしの部屋の薬箱から萬金丹《まんきんたん》をもってきてくれ」

わしが口にした萬金丹とは、この地に古くから伝わる万能薬として、参宮客にも買い求められた胃腸を癒す生薬で、解毒・気付けなどにも効果があるとされた丸薬であり、寺でも常備しておったのじゃ。

萬金丹の苦さに、顔をしかめながら飲み込んだ小童は、

「ありがとうございます…」

と、呟いただけで眼を閉じてしまった。

「しっかり寝れば治るじゃろう。伸助、すまぬがしばらく様子をみてやってくれ」

「へえ。わかりました」

よほど疲れていたのか、薬効もあって小童はぐっすり眠ったようで、翌朝目覚めると本堂の阿弥陀如来に手を合わせていた。

その様子を眼にしたわしは、口元をほころばせながらうなずくと、

「おう、よー寝られたかな。腹のぐあいはどうじゃ」

「はい。お世話をおかけしました。申し訳ないです。もう腹の痛みもなくなりました…」

と、応《こた》えた目はいきいきとしており、昨夜の苦痛などなかったかのように、生気を帯び

ていた。

「夕べは腹の痛さに死んでしまうんかと思いましたけど、助けてもろてありがとうございました」

そう笑顔で話す小童の顔に、至純《しじゅん》さを見てとったわしは、

「うむ。それはなによりじゃ。ところでそなた、名はなんと申す」

「はい。わいは信濃の西宮《にしのみや》村から来た百姓の倅で、耕一といいます」

「ほう、信濃国から来たのじゃな」

「はい。お伊勢参りをしようと、仲間三人で親に黙って抜けてきたんやけど、宮宿《みやのじゅく》の七里の渡しで、賑わいにまぎれて仲間とはぐれてしもうたんです。しかたないんで桑名についてからは、ひとりで歩いてきました」

東海道の宮宿は、伊勢湾の海上七里を船で桑名宿へと結ぶ海路の宿駅として繁栄していたからこその混雑に、子どもが仲間とはぐれてしまったのも無理はないと思うたわしは、

「そうか。よう無事にここまでたどり着いたもんじゃのう」

「はい。途中お伊勢参りに行くというと、銭をめぐんでくれたり、粥《かゆ》を喰わせてもろたりしながら、斎宮《さいくう》村から上野村の明野《あけの》の原を越えて、やっと小俣《おばた》村まで来たんです」

「ふむ。宮川の渡しまではすぐじゃのう」

「はい。そこの茶店でうまそうに餅を喰う旅の人らがおったけど、銭も尽きてしもたんで、立ち止まって眺めてましたんや」
「おまえも腹をすかしておったのか」
「はい。ペコペコでした。そしたら旅の人らが手招きしてくれて、餅を喰わせてくれたんです。腹が減って仕方がなかったんで、食え食えとすすめてくれるままに、腹いっぱい食ったんがいかなんだと思います。宮川を越えて中川原（現・中島町）から歩いとると、だんだん腹が痛《いと》うなってきて」

抜け参りの耕一が旅人に手招きされ、馳走になった安永四年（一七七五）に創業した茶店の餅は、返馬餅と呼ばれたもので、名の由来は宮川を越えれば神域。馬など四つ足の生きものは立ち入ることが禁じられており、旅人が乗ってきた馬はこの地で下りて返さねばならなかったことから、返馬と名がつけられた餅だった。

上新粉と小豆、そして砂糖を用いた餅は、包んだ餡の餅を平たくし、両面をこがして焼き模様をつけた素朴な味で、旅人の疲れを癒すと評判の餅だったのだ。

しだいに強くなる腹の痛みをこらえながら、とぼとぼと歩いてきたと話す耕一に、

「それで山門の前にうずくまっておったのか」

「はい……」

「ま、大事にならずよかったのう。じゃがその歳で抜け参りとは思い切ったもんじゃな」

「はい。となりの村で、こっそり抜けてお伊勢参りをした奴が、お札をもって帰ったら、村中の評判になったと聞いとったんで」

「ふーむ。時折そんな連中が寺に来て、施行《せぎょう》を乞うこともあるが、おまえのような幼い子どもでも、お伊勢さんにお参りしたいと思うのか。なかなかのことじゃのう」

先の式年遷宮が無事斎行されたこともあり、新しく宮遷りした神に、加護を願う人々の想いは連鎖的に広がり、村人や商人仲間が誘い合わせて参宮に向かう風潮は、日に日に高まっていたのだ。

だが、日々の勤めに縛られていた下男下女や奉公人には、自由に出歩くことも、金銭の余裕もなかったが、誰もがお伊勢参りに心をひかれることに違いはなかった。

そこで抜け参りの言葉の通り、なんら準備もせず、親や雇い主に黙って飛び出してしまう者も多く、途中で野宿をしたり、他人の懐にすがったり。散々苦労して山田に辿り着くのがやっとだった。

だが、そんな抜け参りの者たちに、道中いたるところで施行が行われ、路銀のないものには銭を、空腹のものには飯を、宿のないものには宿を、そして新しい草鞋をといったふうに、人々の善意が施され、たとえ子ども一人の旅であっても、参宮の目的はなんとか達せられたのだ。

　抜け参りの風潮を耳にしていた耕一も、お伊勢参りへの憧れは強いものがあったのだろう。

「なっとかなるやろと思うて飛び出したんやけど、銭はないし道に迷うし。途中で出おうたお参りの人らについて歩いても、わいの足ではついていけんし……」

「ほー、ようここまで来られたもんじゃのう」

「はい。いろんなとこで握り飯や草鞋をもろて。銭をめぐんでくれる人もおりましたんや」

「それはありがたいことじゃな。見ず知らずの人の施しを受けながら、ここまで歩いて来たのか。じゃがこの旅でおまえは、いろんなことを学んだことじゃろう。一つひとつがよい体験じゃ。それはおまえがこれから生きていくためにきっと役に立つはずじゃ」

「そうですかいな」

「うむ。世のなかには優しい人もおれば、冷たい人もおる。それもこれも世のなかじゃ。じゃが、どんな生き方をするかは耕一、おまえ次第じゃ。素直な心で人に接していけば大事ない」

「和尚さんに助けてもろてよかったと思います。わいの心が素直やったんかいな」

「ははは……。そうじゃな」

およしに言いつけておいた握り飯と、口にすれば旅の疲れも少しは癒すと思い、名物でもあった生姜糖とともに若干の金子をもたせると、耕一の頭に手を置いて声をかけた。

「お参りがすんだら気を付けて帰るのじゃぞ。寄り道はするなよ」

山門で手を振りながら、家に着いたら便りを書きますと、大きな声で伝える耕一に、待っておるぞと笑顔で応えたわしは、うしろ姿を見送りながら、

（なかなか利発な子じゃった。親も心配しておるじゃろう。無事に帰ればよいが……）

そんな耕一のあとを追うように、赤蜻蛉が山門を抜けていった。


やがて、秋が深まりはじめた神無月の或る日。

抜け参りの耕一から、無事に親の元に戻ったとの幸便（手紙）が届いた。

帰り道の無事を気にかけておったが、便りを読んでひと安心したわしが、唐突に暮れてしまった空に浮かぶ眉のように細い受け月を見上げておると、伸助がそばに来た。

「和尚さん。月に何か願いごとをしてますんかな……」

「えっ、なんでじゃ」

「受け月に願い事をすると、その願いを受け止めてくれるというやないですか」

「ほう……。そうなのか。ならば人々の暮らしが平穏であるよう願っておこうかのう」

と、笑いながらわしは手を合わせたのじゃ……。

蕉門の流れをくむ神風館十世、足代弘臣との出会い

一

寛政三年（一七九一）。

五十一歳となったわしに、この年の夏の暑さは辛いものがあった。

日中の外出を控え、坐して禅を修する日々がつづいたが、やがて処暑も過ぎると盛んな日射しも弱まりはじめ、日が沈むと穏やかに吹く風には微かに秋の気配があった。

夕餉を済ませたわしが、暮れ六ツ（午後六時）過ぎに、街道を散歩がてらに歩きはじめると、いつもにも増して伊勢音頭を奏でる三絃の調べと、芸妓が唄う音頭が耳に届いてきた。

「ヤートコーセーエー　ヨーイヤナー　アララ　コレワイセ　コノヨイトセー………」

（ほう、今宵も備前屋は大繁盛か…）

牛車《ぎっしゃ》の車輪を模した造作を施した塀に囲まれ、牛車楼とも呼ばれる重厚な店構えの妓楼

を眺めておると間もなく、三人連れ立ってこの妓楼に上がる男たちの姿を目にしたのじゃ。

（こ奴らも、参拝のあとの精進落としのつもりなのか……）

登楼した男たちを並んで迎えた茶汲女らは、桜の間と呼ばれた大広間で、三絃に合わせて唄い、伊勢音頭の舞い姿を見せたのち、居並ぶ男らにその夜の相方として選ばれて、やがて閨房《けいぼう》に入れば見ず知らずの男とつくり笑顔で交わりに応じる。

それぞれ訳あって、遊里に身を置く女の心情を知ることもなく、お伊勢参りにはるばる訪れた旅の果てに、一夜の慰みを求めて遊里に上がる男の心境を察すると、仏道修行の身としては聖と俗、表と裏に揺れる心のまま、刹那に生きているような男たちの姿に、複雑な想いもした。

じゃがわしは、所詮人間というものは、理屈ではどうにもならない矛盾をはらんだ生きもの。人がつくる世のなかも、また矛盾をはらみながら歩みつづけているのだ、と心づいてもおったし、夜毎《よごと》重ねられてきた男と女の営みが、茶汲女の悲哀をよそに、妓楼の亭主を富ませ、使用人らの暮らしを支え、町の賑わいにつながっておる現実に、世のなかは白か黒かで成り立つものではなく、灰色というふたつの色が混ざり合った、融通の色が絡み合うなかで成り立っているのだ、ともわきまえてもおった。

わしは、そんな世のなかに暮らす人びとが、誰もがおのれの理屈で日々喜怒哀楽を繰り返しながら生きておる胸の裡《うち》を、いつか描きだせないものか、と、時折想い巡らせてもおったが、やがてその想いは百人の盲人を描いた「百盲図巻」に結び付いていったのじゃ。

決して盲人を茶化すのではなく、盲目は天が与えたひとつの特徴であり、何かが欠けているわけではないと説いたうえで、煩悩《ぼんのう》が渦巻く俗世で、人間が矛盾の狭間に葛藤しながら右往左往する様を、その姿を借りて風刺するように描いた一枚じゃった。

この画は、神、仏の加護を願いながらも、人は我が身の業《ごう》の深さに操られながら生きておる姿を如実にあらわしていたはずじゃ。

二

相変わらず画を乞う者は絶えず、仏弟子としての勤めの傍《かたわ》ら、乞われれば筆を執る日々も平穏に月日を重ね、迎えた翌四年（一七九二）四月二十八日（新暦六月十七日）。

梅雨の晴れ間の昼八ツ（午後二時）になろうとするころ。

下男の伸助が、

「和尚さん。画を届けるだけやったら、わざわざ出向かんでも、わしが行きますがな」

「いやいや。今日わしが持参することを約しておいたのじゃ」

「そうですかな。ほな気ぃつけて行っておくんない」

そんなやりとりののち、わしは牛谷坂を下り惣門を抜けて、猿田彦神社の鳥居の前で黙礼をし、道をはさんだ前に館を構える御師白髭《しらひげ》大夫邸を訪れた。

参宮に訪れる檀家の人びとの土産にと、求められた幾枚かの扇子の画を届けに出向いたのじゃ。

表門から石畳を歩くと、盛り塩の置かれた玄関で迎えた大夫の案内で、床のある十畳間に入ると、すでに下座に先客がおった。

「上人さん。この方をご存知ですかいな」

「いや、はじめてお目にかかるが……」

「そうでしたか。この方は芭蕉さんの俳諧の流れをこの町につないではる、神風館《しんぷうかん》十世の足代弘臣《あじろひろおみ》さんですわ」

「はじめまして。足代でございます」

「足代さんと申されるのか。拙僧は寂照寺に住持する玄瑞と申す坊主でござる。人は月僊と呼んでおりますがな」

「お名前は早くから存じておりました。いつかお目にかかりたいと思っておりましたが、大夫から今日お越しになると聞きましてな。失礼を承知でお邪魔させてもろたんですわ」

「まぁ、挨拶はそれくらいにして、ふたりとも楽にしてくださいな」

大夫はふたりの出会いに、してやったりとばかり笑みを浮かべながら、

「さっそくですけど、画を拝見させてもらいましょか」

「おお、そうじゃ、そうじゃ。画を届けに参ったのじゃった」

と、笑いながら差し出した画を、大夫とともに眼にした足代さんは、その簡素な筆墨表現に芭蕉さんが説いた「さび」や「ほそみ」、そして「かるみ」に通じるものをみたようじゃ。

「上人さんのお描きになる画は、十七文字に詠んだ句の景色が浮かんでくるようですな」

足代さんの言葉を聞いた大夫は、

「そらそうや、上人さんは句も詠みはるお方やからな」

「いやいや、滅相もないこと。お恥ずかしい次第じゃ」

と、謙遜して口にしたが、わしはその言葉に足代という人物の感性に強く興味を抱いた。

「ところで上人さん、清渚《きよなぎさ》と呼ばれてます二見浦《ふたみがうら》の立石《たていし》さん（夫婦岩）をご存知ですか」

「うむ。見に出かけたことがありますがな」

「あの注連縄が張られた二つの岩は、海のなかに沈んでます興玉神石《おきたましんせき》という神霊の鳥居の

役目をしとるんですわ」

「なるほど、あの岩は鳥居なのでござるか……」

「はい。もうじき夏至ですけどな。じつはあの立石さんの真ん中に、日の出を拝めますんや」

「ほう。立石から昇る朝日の画を幾度か見てはおりましたが、それは夏至のころでござったのか」

「ええ。お天道さんの恵みを一年で一番長いこと受ける夏至に、まるでお日さんを生み出すかのように雄岩と雌岩の間に昇ってくるんですわ」

「ふーむ。なんと不思議なことじゃな」

「いやいや。不思議はそれだけやないんですわ。遠くに山の影を映して昇ってきますんやが、それがなんと富士の山ですわ」

「えっ。富士の山……」

「そうですわ。お日さんと富士の山、それと立石が夏至の日につながるんですわ」

「…………………」

その話に、しばらく言葉の出ないわしに足代さんは、

「どうです、上人さん。もうじき夏至ですわ。わたしと一緒に二見浦へ行きませんか」

「うむ。是非にも朝日を拝ませてもらいたいものじゃ」

「そんなら夏至の前の晩は、わたしの知り合いの宿がありますよって、そこに泊まって朝日を拝ませてもらいましょに」

「それはありがたい。よろしゅうお頼みいたします」

三

白髭大夫の館で足代さんと約した夏至の朝日を拝もうと、五月朔日《ついたち》（新暦六月十九日）、共に二見浦の宿を訪れたわしは、まるで幼子のように心を躍らせながら夜の明けるのを待った。

翌、暁七ツ（午前四時）少し前、心配した雨もなく宿を出たわしは、足代さんと共に寄せる波の音を聞きながら立石を眼にしておった。

すると小半刻（三十分）も過ぎたころ、東の空が赤く染まりはじめた。

じっと目を凝らしていると、富士の山影を浮かばせるように昇りはじめた太陽に、思わず唸るような声を漏らし、朝日に向かって手を合わせたわしは、その光が身体の中を通り抜けていく一瞬を覚えた。

「なんとありがたい不思議な体験じゃった。礼を申します」

「それはようございました。わたしも身震いしながら眺めておりました」

その場にふたりは次第に明るんでゆく空をしばらく眺めておったが、足代さんがさらに言葉をつないだ。

「もうひとつ話しますすとな」

「はい。ぜひに……」

「今日は夏至ですけどな、反対にお天道さんが一番はよう沈んでしまう冬至のころになりますとな。この立石さんの真ん中から満月が昇ってきますすんや」

「ええっ。なんとこんどは満月が……」

「はい。不思議なことやけど、夏至にはお天道さんが、冬至のころにはまんまるお月さんが昇ってきますすんや。天上の神さんが決めはったんやろか」

「うーむ……」

その不思議さに、わしはただ唸るしかなかったが、足代さんはつづけて話された。

「上人さん。折角ですからこの禊《みそぎ》の浜と呼ばれる砂浜を、ちょっと歩いてみましょに」

「おお、そうさせていただきましょうかな」

ふたりが並んで歩きはじめてしばらくすると、足代さんは掌《てのひら》くらいの石を見つけたようじゃ。

「ええ石を見つけましたわ」

そういって石を拾い上げた足代さんは、

「西行《さいぎょう》さんをご存知ですかいな。今から六百年くらい昔のお人で、もともとお侍さんやったんやけど、出家して歌人として諸国を行脚《あんぎゃ》されたお人ですわ」

「いや、存ぜぬが。そのお方がなにか」

「ええ。西行さんは晩年この二見浦の山寺に庵を結んで、和歌を詠みながらしばらく暮らしはったそうですわ」

「ほう、そんなお方が二見浦におられたのか……」

「はい。西行さんはその庵で、世捨て人のように浜荻（葦）を織って敷いたみすぼらしい暮らしをしてはったようですけどな。歌を詠む墨をする硯《すずり》も拾《ひろ》うた石を使いはったそうですわ」

「ほう………」

「その西行さんを慕いながら俳諧の道を歩んだ芭蕉さんが、西行さんの面影を追うように二見浦に来ましてな。この浜を歩いてますと、これと同じような石を見つけて『硯かと拾ふやくぼき石の露』と詠まはったんですわ」

「……………」

「窪んだ石に露のたまっとんのを見つけて、これは西行さんが使わはった硯と違うかと思うて詠まはったんですやろなぁ」

その話を聞いて、わしは足代さんの博識さに感心しながら古《いにしえ》の文人に想いを寄せたわしは、

（寂照寺に住持してやがて二十年。この地に暮らす身でありながら、今まで知ること、学ぶことに、わしはいかに無頓着であったのか。恥ずかしい限りじゃ……）

と、しみじみ思うた。

「足代さん。これからも拙僧に、そなたが存じられておる話をお聞かせ願えないじゃろうか。ご指導くださらぬか」

「何をおっしゃいます。わたしが指導するなんておこがましいことです。まぁ、ちょくちょくお目にかかっていろいろ楽しみましょに」

「うむ。よろしゅうたのみますぞ」

そののち、わしは折に触れ足代さんと交わるなかで、聞かせてもろうた先達の逸話などから手掛かりを得て、しばしば筆を執る楽しみにも結びつけることができたのじゃ。

わしにとって、足代さんとの出会いは、時の流れのなかで育まれてきた神鎮まる町の懐の深さを教えていただき、その歩みの成り立ちを学ばせてくれたのじゃった。

おせつと再会した伸助

一

二見浦の立石に昇る朝日を拝んだ朝から二日が過ぎると、ふたたび梅雨の雨が降りはじめ、六日もつづいたこの日。

朝の読経を終えたわしが空を見上げると、灰色の雲が低くたれこめており、今にも降りだしそうな気配じゃった。

（うーむ。今日もまた雨になりそうじゃな……）

境内に植えた紫陽花《あじさい》を眺めておると、案の定ぽつりぽつりと降りはじめた雨は、すぐに本降りとなった。

するとお茶を運んできたおよしが、

「やっぱり降ってきましたか」

「うむ。降りはじめたのう」

「卯《う》の花腐《くだ》しの雨ですなぁ。こんなにつづくと、身体もしゃきっとしませんわ」

そう口にして下がっていった。

およしが淹れた茶の湯呑みを、両手で包むように持ちながら、

(卯の花腐しか……。まさに卯の花を朽《く》ちさせるほど降りつづく雨じゃのう)

雨の日は雨の、風の日は風の風情があるものじゃが、人は晴れればありがたく、雨が降れば鬱陶しがる。人というものは勝手なものじゃな、と笑いながら雨に打たれる紫陽花に語りかけておった。

やがて昼餉をすませたわしが、雨の切れ目を見はからい、妙見町(現・尾上町)の経《きょう》師《じ》屋へ出かけたあと、伸助とおよしは遅い昼飯を食べはじめたようじゃ。

するとまもなく、ふたたび雨がしとしとと降り出し、あっという間に本降りとなった。

「やんだと思たのに、また降ってきましたなぁ。和尚さんは傘持っていかれたんかいなぁ」

気遣うおよしの言葉を聞き流すように、伸助は黙って箸をとっていた。

それにしても、伸助はいつになく口をきかない。いつもなら、なにかとおよしに話しかけるのに、なぜか黙ったままゆっくり箸をはこんでいる。

「伸助さんなっとしたんです。さっきから黙ってますけど。身体の具合でも悪いんと違い

ますか」

「なんでや」

ぽつりと言った伸助に、およしは少しきつい口調で、

「なんやら元気がないもんでさ」

「それがどうした」

「いや、その……。心配やんか」

伸助は飲みかけた湯呑を膳において、微かにため息を吐くと、

「ほっといてくれ、あんたに関係ないやろ。いちいちかまわんといてくれ」

そういって伸助は箸をおき、立ち去ってしまった。

二

ことの起こりは三日前だった。

もし、この日。出向かなければ伸助はその女とは出会わず、またその後の成り行きには結びつかなかっただろう。

使いを頼まれた伸助は一志の町の小間物屋を訪れようと、そぼ降る雨の尾部坂を下り、御贄川《おんべがわ》（現・勢田川）に架かる小田の橋まで足を運んだ。

するると、下流側に架かる小橋を渡ろうとする女を眼にした。

この妙見町と岡本町の境に架かる長さ九間（約一六メートル）あまり、幅二間四尺（約四・八メートル）の小田の橋の下流側には、仮屋橋と呼ばれ忌服《きふく》、蝕穢《しょくえ》および下水《げっすい》の女の通るものとした小橋がかかっていたのだ。

山田と宇治の市中は、絶対神聖の地であり、禁忌《きんき》がとりわけ厳しかったことから設けられた橋だった。

小田の橋を渡りはじめた伸助が、右手の仮屋橋をゆっくり歩く女に目をやると、少しやつれたようだが、忘れることのできない女の横顔を認めた。

「おせつ、おせつ。わしや。伸助や」

その呼びかけに気付いた女は、振り向くこともなく、逃げるように足を速めた。

「待ってくれ。わしや、伸助や」

呼びかけながら小走りに橋を渡り、女の肩に手を置いて歩みを止めると、女はうつむいたまま伸助を見ようともしない。

「…………………」

「久しゅう会わなんだけど、どないしたんや。沈んだ顔をして」

「……………」

「どこへ行くつもりやったんや」

その言葉に女は顔をあげ、いちど目を合わせたが、すぐにその目を逸らしてしまった。

「なんか困りごとでもあんのか」

「……………」

三年余りの時を経て会った女は、伸助と夫婦《めおと》になる約束をしていたが、親の義理ある小俣村（現・伊勢市小俣町）の六軒屋で漬物を商う中森屋に、無理やり嫁がされてしまい、泣く泣く別れた女だったのだ。

「伸さん。おたいにかまわんといて」

湿った声で小さく呟いたあとで、おせつは再び黙り込み、俯いてしまった。

顔を覗き込むように見ると涙がひと筋、頬を流れていた。

（よほどややこしいことが、おせつの身にまとわりついとるみたいやなぁ）

そう考えた伸助は、行き交う人々の目を気遣い、おせつの背中を押して仕舞屋《しもたや》の軒下へと誘《いざな》った。

「なぁ、なにがあったんや。そんなにやつれて」

「………あんたにゆうたかて、どうにもならへんことや」

これからどうすればいいのかもわからず、胸のなかは苦渋の糸が絡まったまま、空虚な想いを引きずるおせつが返す言葉はそれだけだった。

指の先で涙を拭いながら、吐き捨てるように言ったおせつに、

「わかった。そやけど話す気になったら、今でも長峯の寂照寺で下働きをしとるよって、いつでも来いさ」

これ以上問うても、と思いそう告げて別れたのち、使いを済ませて妙見町までもどった伸助は、小田の橋の上に立ち止まり御幣川の漂うような流れを茫然と見下ろしていた。

おせつが何か逃れようのないことに縛られているのではないかと、しばし漠然と想い巡らせていたが、その先に思いは至らず、ただおせつの身を案じながらゆっくり寺に戻った。

だが、気がかりは日を追うように深まってゆき、先刻のおよしの言葉に箸をおいて立ち去ってしまったのだ。

伸助は、暗澹《あんたん》とした気持ちをもてあましながら、この日も仕事を終えると、おせつと暮らすつもりで借りたまま、ひとり暮らしていた岡本町の裏店に帰った。

待つもののいない部屋には、梅雨の湿気がこもっており、伸助の気持ちを一層萎えさせた。

三

やがて五日を経た日の夕刻。

よほど思い切ったのだろう。おせつが寂照寺を訪れた。

「伸さん、ごめんな。こないだは、やさしいしてくれたのに……」

「ええんや。気にせんとき。それよりよう来てくれたなぁ」

「うむ。伸さんに聞いてもらおと思てな」

「そうか。なんでもゆうてくれ」

その言葉に応えるように話はじめたおせつは、無理やり嫁がされた日から、今までを包みかくさず口にした。

伸助と夫婦《めおと》の約束をしていたのに親にきつく言われ、いやいや嫁に行ったが、嫁ぎ先の舅《しゅうと》、姑《しゅうとめ》の吝《しわ》いさになかなか馴染めなかったという。

さらに一年ほど経つと、子ができないことを義理の親に責めつづけられた。だが亭主の仙吉は庇《かば》ってもくれず、おまけに朝の早くから漬物商いの手伝いや、家事にこき使われ、三度の食事の味にもいちいち小言を並べられる始末。

気が弱いくせに、酒に酔うと拳を揮《ふる》う亭主の仙吉にも辟易《へきえき》としていたが、それでも我慢をしながらやがて三年過ぎたころに、

「おせつよ。三年たっても子ができん。離縁や。出てってくれ」

と、仙吉が突然言い出した。

たぶん親に言われてのことだと思ったが、世間の三年子なきは去れの言葉通り、離縁を迫られたのだ。

出て行けと言われたおせつは、

(誰がこんな家におったるかい。出てけといわれておおきんなやわ)

口には出さず、腹のなかでそう息巻いて実家に戻ったという。

しかし、せいせいしたのも束の間、左官を生業《なりわい》としていた父親が、病を患い寝付いたという。

日銭稼ぎの父親が病んだことで、すぐに日々の暮らしが行き詰まり、母と二人、職を探すも見当たらず、父親が回復すればと仕方なく高利の金に手を出してしまったと言う。

だが、その父親も二月《ふたつき》余り寝付いたのち死没してしまい、借金を返すあてもなく、途方に暮れているのだと聞いた。

「てて親が死んでしもたんで、あの橋を歩いとったんやな。それで借金は幾ら残っとんの

や」

「はじめに、町医者の堂安さんの払いに一両借りて、二月後《ふたつき》にまた一両。合わせて二両や。そやけど利子が……」

「そうか。利子もいれたら、いくらくらいになるんやろな」

「そんなお金を返すあてなんかないし。利子は増えてくばっかりや。そのうちに三両になってしまうわ。しょっちゅう催促にくるけど、どうしようもないんさ」

「三両か……。なっとかしたりたいけどなぁ…」

「みんなおたいが悪いんや……」

しんみりと口にしたおせつの言葉に、伸助は放っておくわけにもゆかず、

「よし。わしがなっとかしたろに。三両やな」

「ええっ。そんなことしてもらうわけにはいかんわ」

「なにゆうとんのや。わしと夫婦《めおと》になっとったら、こんなことにならへんだんや。わしがあのとき……」

嫁に行かされることになったおせつが、両目に涙をためて呻《うめ》くように別れを告げた声が、今も耳に残っている伸助は、辛い別れを渋々了承したことを深く悔いており、それだけに何とか助けてやりたいと思ったのだ。

「明日、いや明後日《あさって》。その金をおまえの家へ持ってくわ」

「…………」

「心配せんでもええ。待っとってくれ」

そうは言ったが、懐《ふところ》に三両という大金があるわけもなく、なんとかしてやると口にした頭のなかには、和尚に借りればよいとの考えあったのだ。

おせつを帰した翌日。

伸助は、どんな頼み方をすればよいのか。果たして和尚は聞き入れてくれるだろうか。考えあぐねながらひと夜を過ごした。

（わいの頭で考えとっても埒《らち》があかん。思い切って頼んでみるしかないわ）

朝を迎えた伸助は、普段通りの雑務をこなしながら、月僊が絵筆を置くのを待った。

「和尚さん。ちょっとお願いしたいことがありますんや」

少し緊張した面持ちで口にする伸助を目にした月僊は、いっとき怪訝な顔をしたが、

「うむ。なんじゃな。わしにできることじゃろうか」

「へえ。実はその…………」

「なんじゃ。ゆうてみよ」

「へえ。すんませんけど、わいの給金を前借りさせてもらえんかと思いまして」

「うむ。なんぞ事情があるのじゃろうが、おまえのことじゃ。わけは聞かぬがいくらじゃ」

「三両。なっとか三両たのみます」

「なんと三両か。うーむ」

三両と聞いて少し驚いたが、このときの伸助の棒給は毎月二分であったから、凡《およ》そ半年余り、無給で暮らすなどできるはずがない。

（伸助のことじゃ、その三両。深いわけがあってのことじゃろう。ひょっとして誰かを助けるための金子やもしれんな。ならばわしが手伝ってやろう）

「よいか、伸助。何に使おうと、わしの与《あずか》り知らぬことじゃが、その三両返さずともよいわ。もっていくがよい」

「ええっ。和尚さん、それはあきませんわ」

「ははは……。遠慮せんでもよいわ。わしがこの寺に来た時から、おまえには世話をかけておる。わしは、おまえもおよしも家族だと思うておるのじゃ。家族の事情はわしの事情も同じじゃ。その金子役に立ててくれ」

「和尚さん………」

声を詰まらせて頭を下げた伸助の目には、うっすら涙が滲んでいた。

月僊から三両の金子を渡された伸助は、一日の仕事を終えた五ツ半（午後九時）を少し過ぎたころ、参宮街道を西に進み、筋向橋から宇良口《うらぐち》町を南におれ、不動明王を本尊とする法住院の奥にある長屋を目指した。

別れて以来、訪れることもなかった長家に来た伸助は、軒先に枯れたまま吊されている釣忍《つりしのぶ》を見た。

去年か一昨年《おととし》かに吊したのだろう。その朽ちてしまった姿は、この家の衰退をあらわしているようで、寂寞《せきばく》の思いを抱きながらも、敢えて大きな声をかけた。

「邪魔するでぇ……」

訪いを告げる声に、お節は急ぎ土間に出た。

「伸さん。ほんとにきてくれたんや」

「おお。もってきたで。明日にでも金貸しに返してこいや」

そう言うと、持参した三両を手渡してやった。

「ええっ。こんな大金なっとしたんやな」

「わけは聞くな。それより、はよう返してしまえ」

「おおきに。ありがとう。よかった……。助かったわ」

瞳を潤ませながら笑顔を見せるおせつの目を、しばらく見つめていた伸助は、昨夜から考えていたことを思い切って口にした。

「なあ、おせつ……。おまえと別れたあの日から歩いてきた道は違うけど、もういっぺん一緒におんなじ道を歩いてみやへんか」

「…………………」

「夫婦《めおと》になる約束は、反古《ほご》になってないんや」

おせつはその言葉にじっと動かず、しばらく伸助を見つめていたが、しだいに瞼に浮かびはじめた涙にくぐもる声でちいさく呟いた。

「………おたいみたいな出戻り女でもええんか」

「ああ。ちょっと寄り道しただけやないか」

「おたいのことを、ずっと思っててくれたんや……」

「おお、そうや。おまえのことは忘れたことがない」

おせつは目を泳がせながら何度もうなずいて、

「こんな嬉しいことが、あってもええんやろか」

泣きじゃくるおせつの背に手をのばし、そっと抱き寄せた伸助の笑顔を、空に浮かんだ居待月が眺めていた。

翌朝は、梅雨明けを思わせる上天気となった。

伸助は月僊が読経を済ませるのを待った。

「和尚さん昨日《きのう》はありがとうございました。おかげで借金に追われとる女《おなご》を助けてやることができました」

「おお、そうか。それはよかった。結構、結構」

口元をほころばせながら、しきりにうなずく月僊に、伸助はお節と再会してからの顚末を、振り返るように話した。

「ふうむ、そうか。よかったではないか。じゃが伸助よ。おまえもその女《おなご》も、一緒に暮らす日々がつづけば、ふとしたことで気持ちの行き違いが生まれるものじゃ。その折には雨が降ったことなど忘れてしまう今日の日和のように、笑って過ごせよ。相手の気持ちを蔑《ないがし》ろにするなどもってのほかじゃ。互いに寛容でなければならぬぞ」

その言葉を聞いた伸助が、月僊のもとで働くことの幸せを噛みしめていると、どこかで蛙が鳴きはじめた。

伽藍再建の途につくも、やがて眼にした贋作

一

年が明けた寛政五年、わしは齢《よわい》五十三を数えた。

画名はいよいよ広がり、諸大名や各地の豪商に乞われて揮毫することも多く、画料は年に三百両ほどになっておった。

衆生済度の方便とするための作画に勤しみ、飢饉の救済や町の困りごとに蓄財を使いながらも、心の隅には絶えず檀誉貞現大僧正と約した伽藍の再建があったのじゃ。

年の暮れから新年にかけて作画に追われ多忙をきわめたが、小正月の今夜八日市場に館を構える御師、福島大夫に頼まれた屛風六曲一双を描きあげ、ひと息つくと、朝晩の冷え込みのせいか、ふとおのれの齢《よわい》を思うた。

（人の命は儚《はかな》いもの。歳月人を待たずじゃ。わしもこの歳ともなればいつ果てるやもしれん。そうなれば伽藍の再建は果たせずじまいじゃ）

そんな独り言のような呟きとともに部屋に籠ったわしは、

（まずは、天樹院さまに相応しい伽藍のための良材を集めねば……）

と、伽藍の再建に向けて改めて思案を巡らせておった。


五日のちの昼下がり。

わしは先の御遷宮を好機と捉え、館を普請したと聞くある御師邸に出向いた。

館をじっくり眺め、用いられている材木と大工の技量を確かめたわしは、得心して家主に声をかけた。

「和尚さん。なんぞ用事ですかいな」

「うむ。勝手な願いで済まぬが、そなたの館を普請した大工の棟梁を教えてもらえないじゃろうか」

「かまへんけど、なっとするんですんやな」

「うむ。寺をちょっと修繕しようと思うておるのじゃ」

「ほう、それで大工を」

「うむ。修繕に腕のよい大工をと考えるのじゃが、そなたの館の普請を見ると、その棟梁なら任せられると思うてな」

「なるほど、そういうことなら、あの棟梁をお寺に行かせますわ」

「うむ。済まぬことじゃがよろしゅう頼みますぞ」

二日のち寺を訪れた棟梁に、御師邸の家主には修繕と伝えておいたが、葵のご紋をもつ天樹院さまの菩提寺の再建であることを告げると、

「ええー、それはえらいことや。ようわかりました。そやけど、すぐにそんなええ木を集めるんは難しいと思いますんな」

「ああ、それはわかっておる。慌てずともよい。じゃが他言せずに進めて下され」

「へえ。そやけどなんでまたしゃべるなと」

「うむ。世間の口はいつの間にやら妙な尾ひれがついて広がるものじゃからのう」

「なるほど、ようわかりました。黙っときますわ」

「世話をかけるが、よろしゅうたのみましたぞ」

「へえ、承知しました」

引き受けた棟梁を見送ったのち、そばに仕えていた定僊に、

「定僊よ。これでやっと伽藍再建の途につくことができた。なれど、このことは棟梁に告げたように、そなたも誰にも漏らさぬよう心得ておいてくれ」

「はい。承知いたしました」

「うむ。くれぐれもな……」

伽藍再建の途についたことで、胸にとめていた想いにひと区切りつけたわしは、のちにはじまる伽藍の普請に用いる金子を蓄えるため、さらに画作に励む日々をつづけた。

二

月日は足早にすぎ、翌六年も暦は小雪（新暦十一月二十二日ころ）を迎え、朝夕冷えはじめた或る日の夕七ツ半（午後五時）過ぎ。

暮れはじめた空の下で伸助は、境内に散った銀杏の枯葉を掃き集めていた。

「伸助。日が短くなってきたのう」

「へえ。もう冬のはじまりですなぁ」

「うーむ。また寒くなるのう」

笑いながらそんな会話を交わしていると、上中之郷町（現・常磐町）に館を構える御師、橋村大夫が寂照寺を訪れた。

「寒なりましたなぁ。お変わりございませんか」

「うーむ。おかげで息災じゃ。ところで何のご用かな」

「はい。実はちょっと上人さんにお頼みしたいことがありましてな」

「なんでござる、あらたまって」

「はい。わたしの懇意にしている者に、俳諧を楽しむ呉服屋がおりましてな。月に一度、仲間と句会を開いておるそうですわ」

「ほう。それはなかなかよき楽しみじゃな」

「はい。それを聞いて、そやつに上人さんは俳諧にも造詣の深いお方やと話してやりますとな、是非にも句会におこし願えんかと申しますのや」

「うーむ。それは少々口が過ぎましたな」

「申し訳ございません。ただそやつの申しますには、上人さんもご存知の、神風館の足代《あじろ》さんもおこしになるとか」

「なに、足代さんもか……」

「はい。そうなんですわ」

「うーむ。ならば断るわけにもゆかぬな。わしも足代さんには学びたいからのう」

七日後、橋村大夫の誘いに応え、わしは句会に出向いた。

七ツ（午後四時）過ぎの薄い太陽の光が、微かに映す長い影とともに歩く道には、枯葉が地面を走るように北風に吹かれていた。

（日毎早《ひごとはよ》うなってきた日暮れが、なんとのう気持ちのなかに月日の流れをしみじみとさせるもんじゃな）

曽祢の町で呉服を商う大和屋に着いたが、句会のはじまりにはまだ小半刻（三十分）ほど間があった。

（どんな句会が催《もよお》されるのか、想い巡らせながら待てばよいわ）

と、考えながら店先にいた丁稚に訪《おとな》いを告げると、急ぎ迎えに出た主人《あるじ》の案内で客間に座り、廊下の向こうに設《しつら》えた庭に眼をやると、石蕗《つわぶき》の黄色い花が咲いていた。

床の間には山水画が掛けられており、しばし黙然とその画に目を据えると、なんと落款に月僊と記《しる》されているではないか。

愕然《がくぜん》とした。

かつておのれが描いた構図とよく似た画ではあったが、いたって稚拙な筆遣いで、軸装だけが立派に仕上がっておる。

名が独り歩きして、贋作《がんさく》が巷《ちまた》に出ることを案じておったが、おのれが描いた画の評価ではなく、たとえ稚拙な贋作であろうと月僊とさえあれば、人はその画を評価してしまうものなのか。

やるせなさを覚え、釈然としない想いから、眉間に皺を寄せて腕組みをするわしに主人《あるじ》が訊ねた。

「どうかなさいましたか」

「……………この画はどこで手に入れられたものでござる」

「はい。落款に月僊とあるのを見ましてな、正絹《しょうけん》の反物の代金代わりに手に入れたもんですわ」

「ふーむ。申し訳ないがこの画は赤の他人が描いたものじゃな」

「ええっ、上人さんの画と違うんですか」

「気の毒じゃがわしの画ではござらん。贋作《がんさく》が出回ることを危惧《きぐ》しておったが、こうして現物を目にするとはのう……」

するとと大和屋の主人《あるじ》は、気が抜けてしまったようにうなだれてしもうた。

「なっと阿呆《あほう》なことや。もっとはよう上人さんに見てもろとったらよかったのに。ほんならこの画は捨ててしまいますわ」

「いや、それは勿体ないこと。なかなか立派な軸装じゃ。大事にして下され」

「……………」

「それより気を落とさずに、わしが詫びるのも筋違いじゃが、もとはわしの画から生まれたこと。のちほど扇子の画でも一枚描いてしんぜよう。お代は頂戴せずともよいわ」

まるで掌《てのひら》を返したように喜ぶ主人の顔に、わしは絵師でありながら善と悪の狭間で、贋作の筆を執る者の心境を察すると複雑な思いもした。

（世間は騙せても贋作は贋作。わしの名を語らずとも、おのれの技量でおのれの画を描けばよいものを。なにゆえに自らを遜《へりくだ》り、おのれを捨ててしまうのか……）

「ご主人。申し訳ないが、今日の句会は失礼して帰らせていただく」

「なんと、せっかくお越しいただいたのに」

「いや。またの折に、ということでお許しくだされ」

大和屋を辞去し外に出ると、七ツ半（午後五時）前の曽祢の通りには、まわりの寒さに背中を丸めて往来する人々で混雑しておったが、吹く風の冷たさに心なしか道行く人の顔もこわばって見えるようじゃった。

暮れはじめた寒空に浮かぶ上弦の月の下を歩きながら、どこか割り切れない思いが消えず、虚しさだけが胸に残り、わしの足取りは重かった。

（口惜しいことじゃが、贋作を憂いてもしかたがない。気を揉んでもどうにもならぬわ……。無駄なことじゃ……）

そう言い聞かせて、ふうーと吐いた息が北風に吹かれて消えた。

先の出来事からひと月余りが過ぎた。

閏十二月も二十日となり、慌ただしい年の瀬を迎えた昼下がり。

過日。大和屋で目にした贋作に愕然とした想いを反復させるように、再び贋作の話が耳に届いた。

わしが山門に佇んでおると、妓楼杉本屋の手代が近寄り小声で告げた。

「和尚さん。ちょっと妙なことを耳にしたんやけど」

「なんじゃな」

「夕べ、二人連れの客の席に着いた、茶汲女が耳にしたようなんやけど、安濃津（現・津市）城下の富商のもとへ一枚の画を携えた僧侶が訪ねてきて、月僊と名乗ったそうですわ」

「ほうー、月僊とな」

「その富商は和尚さんの画の評判を耳にしとりましてな、以前から画を欲しがっとったようで、見せられた画を迷うことなく買いつけたんやそうですわ」

「うーむ、辛いことじゃな。わしの名を騙《かた》る輩《やから》が安濃津の城下にも現れたのか。気の毒なことじゃ」

ふうーっとため息を吐くわしに、手代は話をつないだ。

「画を手に入れて喜んだその富商はな、近しい者らにその画を自慢気に見せたそうなんやが、そのなかの一人が夕べの客で、偽物《にせもの》やと見抜いたそうなんですわ」

「なんで偽物だとその御仁は見抜かれたのじゃろう」

「はい。そのお方は何度か手前どもにお越しいただいた方で、登楼した部屋で和尚さんの画を目にしとったようですわ」

「ふーむ、それで偽物だと見抜いたというのか」

「はい。筆遣いといい、落款といい、和尚さんの画とはあまりにもかけ離れとったとゆうてたそうですわ」

手代の話を聞くと、おのれの名を騙る輩の存在が無念であり、気持ちは鬱積《うっせき》するばかりじゃったが、

「よう話してくれました。礼を言いますぞ。じゃが、わしにはどうすることもできん話じゃ」

画の技量を持ちながら、画人としての矜持《きょうじ》を捨ててまで贋作に手を染めざるを得ない心情を察すると、再び割り切れない想いだけが残った。

(儘《まま》にならぬは世の常か。どんな輩《やから》の仕業か知る術《すべ》もないことじゃが、わしの名が人の邪

心を呼び起こしているとしたら無念じゃのう……）

立てつづけに起きた出来事は、わしを嘆嗟《たんさ》せしめた。

世間が贋作と見抜いてくれる手立てはないものか、とも考えたが、妙案が浮かぶこともなく、ただため息を吐くばかり。

（案じても仕方ない。わしの名を騙り、描いた画にもそれなりの訳あってのことじゃろう。贋作の筆者を責めてどうなる。放っておけばよいわ。種を蒔いているのはわしではないか。いつかおのれの行いの卑《いや》しさに、気付くこともあるじゃろうて……）

贋作の絵師の仕業を嘆いても詮《せん》ないこと。諦めではなく、出来事の愚劣さに気を病むなど無駄なこと、と再び言いきかせながら空に向かって背筋を伸ばし、「うーむ」と大きく声を吐いた……。

命運に操られる女

一

翌七年（一七九五）。

赤蜻蛉が群れをなして飛ぶ姿をよく見かけるようになった秋隣。

早めの夕餉をとったわしに、膳の片づけに来た賄いのおよしが、恐縮しながら口にした。

「和尚さん。急な話ですみませんけど、お暇をいただきたいんですわ」

「急になにを言い出すのじゃ」

訳を問うと、再嫁の話がまとまったのだというではないか。

亭主を失くして途方に暮れていた日から、立ち直って久しいおよしの様子を見た叔母が、世話を焼いてくれたという。

「ふうむ。それはよかった。めでたいことじゃ」

「おおきに、ありがとうございます」

「じゃが困ったのう。賄いを任せるおなごが見つかるまではおってくれんかのう」

「ええ、わかっとります。そう思て探してみましたんや」

「ほう、それはありがたい」

「おたいの在所《ざいしょ》の幼馴染が、和尚さんの処《ところ》なら働きたいというとりますんや」

「そうか、そうか。それはよかった。ならばさっそくたのんでみてくれぬか」

「はい。明日にでも」

翌日、およしは幼馴染という女《おなご》を連れてきた。

「ときといいます。よろしゅうお願いします」

その声はどこか弱々しく、か細い身体つきの淋しげな眼をした女じゃった。

わしがその女を眺めておると、およしは少し遠慮がちに口にした。

「和尚さん。ひとつお願いがありますんや」

「うむ。なんじゃな」

「ときちゃんを、おたいのときみたいに、しばらく住み込みで働かせてもらえませんか」

その言葉になにやら怪訝《けげん》な思いがしたが、あえてわけを問わず、

「よかろう。四六時中寺にいてもらえば、何かと助かるじゃろう」

「おおきに。そうしたってください」

住み込みの了解を得たときは、

「勝手ゆうてすみません。どうぞよろしゅうお願いします」

「うむ。さっそくおよしに賄いやら雑用のこと、いろいろ聞いておいておくれ」

「はい。しっかり働かせてもらいます」

「うむ。頼みますぞ」

と、口にしたが、ときにはどこかおどおどしたところがあるようで、少し気がかりでもあった。

翌日から弟子や下男の伸助から、おときさんと呼ばれて働きはじめたが、やがて三月《みつき》が過ぎた立冬の或る日。

入相《いりあい》の空が、宵闇に変わろうとする七ツ半（午後五時）過ぎ。

留三と名乗る若い男が寂照寺にやってきた。

「わいはなぁ、ときの舎弟《しゃて》やけど、ねえやんはおりますかいなぁ」

勝手口にいたおときは、その声を耳にして顔がこわばってしまった。

ため息をひとつ吐くと、土間にいた伸助に手を合わせながら囁くように、

「おらへんと言うてください。たのみます」

「なんでや」

「なんでもええからたのみます」

と、手を合わせるおときに、

「わかった、わかった…」

と、切羽詰まったおときの様子を悟った伸助は、大声で、

「おときならおらへんでー」

「嘘つけ。隠してもあかん。わかっとんのやぞ」

そう居丈高《いたけだか》な口調で声を張り上げた弟に、

「おらんもんはおらん」

と、また大声で返すと、

「ふん、隠しやがって。また来るで、ねぇやんにゆうといてくれ」

そう吐き捨てるように口にして帰って行った。

そんな訝《いぶか》しいやりとりを聞いていたわしは、少し心配になっておときを呼んだ。

「なにか訳がありそうじゃな。なに、案ずることはない。話してみよ」

「…………」

「そうか、言いにくいことのようじゃな」

「いえ、そうやないんです」

「ならばゆうてみよ」

「はい。実は、そのー……。さっき来た留三とは、年の離れた腹違いの姉弟なんです。父親が甘やかして育てたもんで、わがまま勝手放題なんです。親が死んでしもたのに、ろくに働きもせんと、おたいに銭をせびっては、遊び仲間とつるんで酒を飲んだり博打を打ったりしてますんや」

「ほう、そんな放埓《ほうらつ》ものなのか」

「そうなんです。今日もその銭をせびりに来たんやと思います。お寺で働くことは内緒にしといてと、在所《ざいしょ》の人らにゆうてあったんですけどな」

「ふーむ。それは困ったもんじゃな」

涙で潤むおときの目は、引きずらざるを得ない弟の存在に、やるせなさを滲ませているようじゃった。

はじめて寺に来たときに見たどこか淋しげな顔も、住み込みで働きたいという願いも、そんな弟の存在が影を落としていたのかと気付いたわしは、

「よし。今度来たら、わしが会ってやろう」

「いえ、そんな迷惑はかけられません。どこにおっても同じなんです。しょっちゅう来ることは目に見えてますんや。お寺に迷惑をかけるわけにはいきません。三月《みつき》のあいだ楽

しゅう働かせてもらいましたけど、今日で暇を取らせてもらいます」

そう告げたおときの顔には、命運に操られながら勝手な弟を、どうすることもできない女の悲哀が浮かんでいるような気がした。

「和尚さん。楽しいことはじっきに逃げてしまいますけど、辛いことはいつまでも追いかけてきますんやなぁ。おたいは運の悪い女やとおもてます」

「おときよ。運の良し悪しは自分の処し方次第じゃ。なにも諦めることはない」

「…………………」

「暇を取ることは許さん。わしがその放埓ものの弟をどうにかしようぞ」

「そのうち、またやってくると思いますけど……」

「うむ。心配せずともよいわ。わしに任せておけ」

そう言って、弟の留三が来るときを待った。

すると三日ほど間をおいて、再びやってきた留三をひと目見たわしは、野放図に暮らしてきた様子を見てとった。

「姉に会いたいのなら本堂に入れ」

「そこで会わせてくれるんか」

「ぐずぐず言わずに入れ」

わしは姉に会わせることなく本堂に座らせると、留三を無視するかのように経を唱えはじめた。

「ねえやんを呼んでくれ。なんで拝んどんのや。どうでもええわ」

なんども騒ぐ留三の声を聞き捨てて読経をつづけたが、やがて唱え終えると留三に向かって静かに言った。

「仏前で騒ぐお前を、阿弥陀さまは嘆いておられたぞ」

「知るか。そんなこと。どうでもええわ。はようねえやんを呼んでくれ」

「よし。ならば阿弥陀さまの前で、わしがよしというまで念仏を百も千でも唱えてみよ。それなら会わせてやる」

「阿呆らしい、なにが念仏じゃ」

「馬鹿もの。言うとおりにせえっ」

わしは大声で一喝した。

愚かなふてぶてしさを怒鳴りつけた、わしの気迫に気圧《けお》されたのじゃろう。留三はしかたなく念仏を唱えはじめた。

南無阿弥陀仏、南無阿弥陀仏……。

いやいや念仏を唱えはじめた留三を、やがて四半刻（三十分）余り見つめていたわしは、

唱える留三の変化に得心して、

「よかろう。姉さんに会わせてやるぞ」

「…………」

「どうした留三」

「……………………」

「会わせてやると、ゆうておるではないか」

「…………」

「なんじゃ。会わずともよいのか」

「…………」

「会わせてやると、ゆうておるではないか」

「いや、もうええわ。会わんでもええ。帰らせてもらうわ」

「そうか。何かわかったようじゃな」

「なんにもわからへんわ」

叫ぶように留三は強がった。

「ふふふ……。おまえの強がりなど、ただの紙切れじゃ。そんな見せかけの強がりなんぞ捨ててしまえ」

「…………」

「おまえは念仏を唱えながら、姉に銭をせがむおのれの弱さを、何とのうわかったのではないのか。それゆえに、姉に会わずともよいとゆうたのじゃろう。それでよい。弱さを知ってこそ人は強く生きられるものじゃ」

「…………」

「お前にこの数珠を渡しておこう。折に触れ念仏を唱えれば、少しはましな暮らしができるようになるじゃろう」

わしの目を見た留三は黙って数珠を受け取り、少し俯き加減にとぼとぼと歩きながら寺を去っていった。

その様子を勝手口から眺めていた姉のおときは、その姿にまだ一抹の不安を覚えていた。だが、十日も過ぎたころ、在所で百姓の手伝いをする留三の様子がおときの耳に届いた。

「和尚さん。なっとお礼をゆうたらええんやろ。どうやら弟も心を入れ替えて働きはじめたようですわ」

「おお、そうか。それはよかった。阿弥陀さまに手を合わせ、そのお力にゆだねれば生き方を間違うまいぞ」

二

やがて冬の訪れを告げる時節を迎えると、おときの気持ちはしだいに晴れていった。

再嫁したおよしも、おときに会いに時折寺を訪れて、鹿海《かのみ》村の在所で真面目に働く留三の様子を伝えていた。

「あんたも弟のことでは苦労したけど、もう大丈夫やに」

「うむ。おおきに、ありがとう」

おときは、およしの言葉を聞くたびに、弟が改心したことに胸を撫でおろし、明るく勤めに励んでいた。

幼馴染のふたりが、笑顔を交わしながら談笑しているところに、およしの来訪を知った定僊《じょうせん》が出てきた。

「およしさん、久しぶりやなぁ」

「へえ、お邪魔してます」

「あんたに渡す物を頼んであるんやが、もうちょっと待っとってくれるかな」

「ええ、なんですんやろ」

「まぁ楽しみに待っとって。出来上がったら伸助にでも届けさせるわ」

「おおきに。楽しみにしてますわ」


そんな会話を交わした三日のち。

おときが昼餉の支度をしていると、勝手口の戸をそっと叩きながら訪う声を耳にした。

「定僊さんはおいでですかいな」

「へえ。ちょっと出かけてますけど」

「そうですか。わたしは岡本の漆塗《うるし》り職人で、清吉というものやけど」

そう名のった初老の男は、手にしていた風呂敷包みを差し出した。

「これを定僊さんに渡してもらえますかいな」

「へえ。定僊さんはわかってますんかいなぁ」

「はい。たのまれとったものが出来上がりましたんで持ってきましたんや」

「そんなら預かっときますけど。お代は……」

「もう、もろてありますんや。三月《みつき》も長いこと待たせてしもて、すみませんとゆうといてください」

そう告げると清吉は帰って行った。

やがて半刻《はんとき》(一時間)ほどのち寺に戻った定僊を、待ちかねたようにおときが先刻のいきさつを話すと、

「そうか。やっと出来上がったか」

と、口元をほころばせながら急ぎ風呂敷包みをとくと、自分がしたためた紋様を施した漆塗りの大小ふたつの椀があらわれた。

当時、山田春慶(のちに伊勢春慶)と呼ばれた漆塗りの切溜《きりため》や重箱、そして膳などは、お伊勢参りが盛んになるにつれ、旅籠や御師の館で多量に必要となり、山田の町では各種の漆器が盛んに作られていた。

定僊は旧知の塗師《ぬし》である清吉に、挽物などはあまり作られてはいなかったが、あえて自《みずか》らしたためた紋様の椀を頼んでおいたのだ。

弁柄や柿渋を用いた下塗りに透明の漆を塗布して仕上げた、赤褐色の木目が透けて見える山田春慶を目にしたおときは、笑みを浮かべながら、

「ええお椀ができましたなぁ。そやけどなっとしますんやな」

「うむ。この椀をな、だいぶ遅なってしもたけど、およしの嫁入り祝いにやろうと思てな。清吉さんに頼んでおいたんや」

「うれしいことやなぁ。およしさんの喜ぶ顔が見えるようやわ」

翌日の朝。

定僊からことづかった伸助は、鹿海村のおよしを訪ねた。

「およしさん、おるかな。伸助や」

「へえ、へえ。なんですかいな」

「うむ。定僊さんから預かったものを持ってきたで」

伸助から手渡された風呂敷包みをほどいたおよしは、大小ふたつの椀を目にして、一つひとつを両手で包むように持ちながら、撫でるように眺めた。

「およしさんよ。定僊さんは祝いの品やとゆうてはったけど、ええもんもろたなぁ」

「おおきに、おおきに……。うれしいなぁ。ありがたいなぁ」

するとと伸助は、あけた風呂敷に結び文が残されていることに気付いた。

文を手渡されたおよしが、おもむろに結び文を開くと、そこには「いつまでもなかようくらせ」との仮名文字があった。

文をじっと目にしていたおよしの瞼にたまった涙でかすんだ文字は、定僊のやさしい心根を伝えてくれているようで、そっと拝むように手を合わせるのだった。

その言葉には先夫を亡くしたおよしが、二度と哀しい想いをせぬように、再嫁した夫とともに平穏に暮らすことを祈る思いが込められていたのだろう。

妓楼油屋の殺傷事件

一

寛政八年皐月《さつき》（五月）四日。

端午の節句を明日に控え、神路山の樹々が緑に輝く晴天に、伸助が菖蒲の葉と根を、どこからか調達してきた。

「和尚さん。明日は端午の節句やで、今晩は菖蒲枕で寝ておくんない」

「うむ。菖蒲枕とな」

「へえ。菖蒲は邪気を払う力があるそうやで、この葉と根っこを紙に包んで枕元に置いとくんですわ。枕の下に敷いてもええはずですわ」

「ほう、知らなんだ。そんな呪《まじな》いもあったのか。ならばありがたくもらっておこう」

じゃが、その夜。

払うはずの邪気に取りつかれたかのような殺傷事件が起きてしもうた。

古来、男の祭りとされた端午の節句の宵宮《よいみや》に、医師孫福斎《まごふくいつき》が起こした凶行は、妓楼で往々にして起こる遊客との揉め事、つまり一人の遊女に何人もの客を相手にさせる行いが、斎の心証を害したことに端を発したようじゃ。

鳥羽の南に位置する加茂《かも》村で、百姓の家に生まれた幼名与吉は、才に長《た》けていたことから鳥羽藩士の養子となり、名を斎《いつき》と改められたが、そののち宇治の御師《おんし》、孫福九太夫貞《まごふくきゅうだゆうさだ》知《とも》に貰い受けられ、京都で三年医を学んだのち帰省して、宇治浦田の町で開業した青年医師、孫福斎となっておった。

事件の夜。

古市の妓楼、油屋を訪れた斎は、虫の居所が悪いまま馴染みの茶汲女、お紺を相手に酒を飲んでいた。

「黙ってはりますけど、どないしましたんや」

「いらついとんのじゃ」

と、感情をむき出すように口にした斎に、お紺は、

「まあ、気をとりなおして飲んでおくんないさ」

酌をするお紺のもてなしにも機嫌は収まらず、苦り切っているところに二階の酒宴の騒

ぎが重なって、斎はさらに苛立っていた。

「騒がしいのう。おれを逆撫でするような騒ぎじゃ」

「賑やかなことですけど、ほっときましょや」

その騒ぎの客は、阿波の藍玉商人の伊太郎、孫三郎、そして岩次郎の三人だった。

三人は、阿波の特産である藍玉を卸に、年に二、三度、木綿糸を染める下御糸村（現・明和町）を訪れた帰路、古市の妓楼にあがり遊興を常としていたのだ。

妓楼の接客における騒ぎはありきたりのことだったが、そこへやってきた仲居のおまんが、斎の苛立ちなど知る由もなく、お紺に因果を含ませて二階の客のもとへ連れ出そうとした。

「すみません。ちょっと二階の席に顔を出さんならんようですわ」

「勝手にせい」

敵娼をほかの座敷に抜かれた斎は、怒りを覚えながらも、しばらく独り酒を飲んでいたが、愉快に騒ぐ二階から、お紺の笑い声などが聞こえてくると、

「くそっ。馬鹿にしやがって」

そんな成り行きに我慢しきれず、斎は座を蹴り表へ出ると、登楼の折に預けておいた腰の刀を仲居のおまんに取りにいかせた。

「なんやら怒ってはりますけど、どないしはったんです」

「うるさい。おまえのせいじゃ」

おまんの先刻の行いと、二階の騒ぎに怒りの収まらない斎は、腹立ちまぎれの威嚇《いかく》のつもりで刀を抜いた。

すると空を切った切っ先が、払いのけようとしたおまんの手にあたり、左の指三本を切り落としてしまった。

「人殺し――」

叫び声は斎をさらに逆上させた。

何度も人殺しと絶叫するおまんの声が楼内に響くなかで、斎は自分を見失ってしまったかのように手あたり次第人を殺めてしまったのだ。

止めに入ろうとした下男の宇吉の右手の親指、下女のおきよの左の肩先と人差し指を切り、さらに奥に進むと、床に入っていた主人清右衛門の母親さきを殺害。

階下の出来事に気付いた阿波の客らが下りてくると、先に下りた茶汲女のおきしの首を切り、続いて下りた茶汲女のおしかの頭と肩を、阿波の客、伊太郎は右の腕と尻、孫三郎は顔と背中、岩次郎は左の手首をそれぞれ切って重傷を負わせてしまった。

お紺は、ほかの奉公人と共に逃げ出して命拾いをしたが、九人を殺傷してしまった斎は我に返ると、その場を逃げるように夢中で駆けだした。

油屋から逃亡した斎は、出身地である加茂村に辿り着き、事の次第を聞いた弟の与三右衛門に近くの薬師堂に匿《かくま》われた。

自首を強く説得されたがそのすすめには応じず、翌朝再び堂を抜け出し、田の小屋に潜伏しながら、役人の手を逃れるために日没を待った斎は、やがて密かに古市に戻り、闇に隠れて夜を明かした。


斎の凶行など知る術《すべ》もなく、伸助の言葉に従うように、枕元に置いた菖蒲を眺めながら床に就こうとしておったわしに、油屋の手代が大声で駆け込んできた。

「和尚さん、和尚さん。えらいことですわ。孫福さんが……」

「孫福がどうしたのじゃ」

「へえ。刀を振りまわして人を殺してしもたんですわ」

「なにっ。人を殺《あや》めたというのか」

ただちに信じがたい出来事であったが、かねてより親交のあった斎の犯した刀傷《にんじょう》沙汰《ざた》の顚末《てんまつ》を耳にしたわしは、唖然《あぜん》とするとともに、なんとも言えぬ虚しさに包まれてしもうた。

（……斎はなにゆえに暴挙に走ったのじゃ……）

両眼を閉じ、深い、深い嘆息《たんそく》を漏らしたが、どうすることもできず、悶々としながら床に就いた。

じゃが眠れるはずもなく、暁七ツ（午前四時）をまわったころ、境内に人の気配を覚えた。

おそらく斎が来たのじゃろうと察し床を離れると、まだ人びとが眠りについている暁《ぎょう》闇《あん》にまぎれて、まわりをうかがいながら本堂の戸をそっと叩く音がした。

「御坊、孫福でございます……」

か細いその声に吐息をついたが、わしは戸を開けずに、

「なに用じゃ……」

「…………」

「口を開かずともわかっておるが」

「えらいことをしでかしました」

「うむ。そなたの凶行は耳にしておる。じゃが、わしが力を貸すことなどできぬ。どうすることもできぬわ。始末はおのれでつけなされ」

そのひと言に、斎はしばらく立ち尽くしておったようじゃが、やがて観念したかのよう

に立ち去る足音を耳にした。

（人の心の奥底には、おのれでさえ気付かぬ邪が潜んでおるのか…）

人の心の浮き沈みに、わしはただ深いため息をつくしかなかったのじゃ……。


翌七日夜。

宇治浦田の藤波長官の屋敷において斎が腹を切り、喉を突いて自害したことを耳にしたわしは、いっときの気の迷いが起こした凶行に、命を絶たねばならなかった斎を、ただ不憫に思うしかなかった。

（人の命を救う医を営みながら、人の命を奪うとは。わしも斎との行交《ゆきか》いに至らなかったことがあったやもしれんな……）

かねがね交流のあった身近な存在の斎に、仏道修行の身として法を説き、道を諭す法施の至らなさは悔やんでも悔やみきれず、虚しい徒労感を覚えたが、せめて斎の成仏を祈ってやろうと阿弥陀如来に手を合わせたのじゃ。

以来わしは、人として生きる道を口にする言葉の重さを、強く意識して話すことを心がけ、人に接するように努めようと心にとめおいた。

二

油屋での騒動から間をおかず、殺傷沙汰は歌舞伎の「伊勢音頭恋の寝刃《ねたば》」と題した演目となり、広く評判となった。

斎の凶行が興味本位に脚色され、人びとの耳目を集めていることを憂いておったが、月日は流れ翌九年（一七九七）も霜月を迎えた。

わしは、かねてより買い入れてきた良材の蓄えが整ったこともあり、念願の伽藍再建に着手した。

この日は、まるで小春日和と呼ぶ言葉のとおり、暖かく申し分のない晴天じゃった。

（うーむ。このよい日和が、つつがなく普請が進むことを暗示しているようじゃ）

入山以来二十三年、創建から百二十年を経た寂照寺で刻んできた日々を追憶し、一抹の淋しさを覚えたが、同時に千姫君の菩提を弔うに相応しい伽藍の建立《こんりゅう》にとりかかることは、大きな喜びでもあったのじゃ。

普請に着手したわしは、仮寓する尾部坂下の清雲院から、朝夕問わず現場に出向き、日に日に形を整えてゆく施工のすすみ具合を飽くことなく眺めることを楽しみとしておった。

そんな或る日、仕事を終えた一人の大工が、

「和尚さん。厚かましいとはわかっとるんやけど」

「うむ。どうしたんじゃな」

「あのう……、もしよかったら今日の駄賃のかわりに、扇子に画を描いてもらえませんやろか」

「おお、よしよし」

笑ってうなずくと、今夜のうちに描いておくと約して大工を帰した。

翌朝。

扇子に描いた菊の画を大工に渡してやると、その喜ぶ姿を見ていたほかの大工たちも、欲しそうにしている様子を察したわしは、

「画が欲しいなら誰にでも描いてやるぞ」

そう聞いた大工たちは喜んで、わしにも、わしにも、と口を揃えて願い出た。

扇子に描いた画を受け取った大工たちは、帰りがけにその扇子を持って御師の館に立ち寄り、宿泊している参宮客らに駄賃の何倍かの値で売れるともくろんでいたようじゃ。

御師邸の参宮客は、すでにわしの画名と画の価値を知っており、一生に一度のお伊勢参

りの土産にこれほどよいものはないと喜んで買い求めたのじゃろう。

そんな大工のしたたかさに、わしは生きてゆくことの逞しさを覚え、昼間に描きあげた扇子の画を携え、大工らが仕事を終えるころ合いを見はからって普請場に出向いた。

「おーい。扇子はもう描けたぞ。はよう道具を片付けな」

「へぇ。おおきに。おおきに」

そんな声がわしの周りに集い、誰もが笑顔で扇子を受け取っていった。

そのころの大工の賃料は一日三匁《もんめ》か四匁じゃったから、その何倍かの金子が大工たちの手元に入れば日々の暮らしも、少しは楽になるとわしは察していたのじゃ。


そんな或る日。

わしは、思うところがあって釈尊から仏法の護持を命じられ、衆生を導く十六人の羅漢を描いた。

薄墨の濃淡に覆われた背景に、白抜きの淡彩で表した瀟洒《しょうしゃ》なその画は、いかにもわしの筆遣いらしい簡素さであったが、伽藍普請に携わる大工らが、怪我なく仕事をすすめられるよう羅漢に見守っていただく想いで筆を執ったのじゃった……。

天樹院さま茶湯料

一

年が明け、やがて暮れて二年余りの月日が流れ、寛政も十二年となった。

時候も寒さがやわらぐ雨水を迎え、春の足音が聞こえるころ、普請の施工も佳境に入り、いよいよ竣工のときを迎える運びとなった。

その日。

やわらかな春の陽射しを受けて、百花に先駆けて咲く梅も開花し、伽藍の竣工を祝うように、馥郁とした香りを漂わせていた。

（うーむ。よき日和に、よきことが重なった。天樹院さまもお喜びのことじゃろう……）

わしは、真新しい寺観に口元をほころばせながら、しみじみ眺めるひとときを過ごしたのち、間をおかず千姫君の命日である二月六日（新暦三月一日）に入仏式を行い、合わせて百三十五回忌の法要を無事執りおこなったのじゃ。

（振り返れば二十六年。檀誉貞現大僧正さまと約した伽藍の再建も、ようやく果たすことができた。永いようで短い月日だったような気がするが、これで少しは肩の荷も下りたわい……）

　わしは入山してのちの日々を振り返りながら、諸々の伽藍竣工に安堵したが、合わせて再建の着手を決意したときから温めてきた、もうひとつの想いを遂げるために、以前にもまして作画に励む日々を重ねたのじゃ。

　やがて立秋を迎えて、秋の気配が漂いはじめた或る日。

（お奉行を訪ねて願いを伝えよう。わしの想いを叶えるために、何としても聞き入れてもらわねば……）

　思い定めたわしは、伽藍再建に費やした金子の余剰金と、その後の画料を合わせた金百両を携えて、山田奉行堀田《ほった》土佐守《とさのかみ》正貴《まさたか》さまのもとへと出向いた。

　雲が一片、流れるように浮かぶ空のもと、参宮街道を外宮の北御門を左に見て、月夜見命が豊受大御神のもとへと通う、神通るとされる道の中央を避けて歩く、地元の人々の習わしに従って進み、月夜見宮に黙礼ののち、やがて稔りはじめた稲田を左右に眺めながら歩を進めた。

長峯の険路改修を願いに訪れた日を思い出しながら、凡《およ》そ一里半の道のりを経て、宮川右岸の奉行所に着くと、門番に訪いを告げた。

顔見知りの内与力の案内で控えの間に通され、しばし待つことを告げられたわしが下座に座ると、掲げられた扁額の至誠一貫《しせいいっかん》の文字が目に入った。

(お奉行はわしの願いを聞き入れてくれるじゃろうか。気を揉みながら来たが、この言葉の通り、わしの想いは必ずや聞き入れてもらえるはずじゃ)

「すまぬ。待たせたのう。して、此度《こたび》の用向きは……」

問われたわしは、持参した百両を奉行の前に差し出した。

「お奉行さま。この金子を天樹院さまの永代茶湯料としてお預かりいただきとうございます」

(うーむ……、長峯の街道改修に施しを受けたが、此度《こたび》はなにゆえの茶湯料と申すのか……)

お奉行は、わしの突然の申し出の意を汲みとりかねて、しばし目を閉じ黙然としておったが、間をとりつくろうように小者が運んだ茶をすすると、畳に目を移したまま返す言葉に窮しておるようじゃった。

「お奉行さま。なにを案じていなさる」

「うーむ。御坊のことゆえ、何か考えのあってのことじゃと思うが、その茶湯料いかがいたしたいのじゃ」

「はい。この金子をお奉行さまからお役人を通して、師職や商人《あきんど》をはじめ、市井《しせい》の民たちの暮らしや商いに役立つよう融通していただきたいのでございます」

「ほう。融通と言われるが、いかなる手だてを考えておるのじゃ」

「はい。拙僧は人びとが日々の営みに、期せずして差し障りが生じてしまい、金策に苦慮するなかで、仕方なく高利の金子を借用し、返済に窮する者を幾度も目にしてまいりました。そこで、そんな人びとに少しでも役に立てばと思い、市中でやりとりされている高利ではなく年八分で融通すればいかがかと」

「うーむ。そうであれば借り手の負担も幾分楽になるじゃろうな。それが天樹院さまの永代茶湯料という名目ならば結構なことじゃ。ありがたく承知いたそう」

この申し出には、金策に苦慮する者の一助になれば、との思いもあったが、あわせてその百両から得る利子で、檀家を持たない寂照寺の伽藍維持に当てるための策とも考えての申し出じゃった。

伽藍再建の念願が叶ったことに安堵することなく、かねてより考えておった民の救済と、のちに住持するであろう僧を想って巡らせた知恵でもあったのじゃ。

申し出を承諾した奉行は、預かった百両を町役所へ。さらに山田と宇治の羽書《はがき》取締役へと預けられ、その差配によって市中へと貸し出されていった。

山田羽書、宇治羽書とは、山田と宇治の町で発行された日本最古の兌換《だかん》紙幣で、自治行政機関であった山田三方会合所《えごうしょ》と宇治二郷年寄が管理をし、さらに山田奉行の監視も加わった公《おおやけ》の紙幣としての性格をもっており、回収不能の恐れはなかったのだ。

お奉行の承諾にひと安心したわしは、やがて訪れる年末に向かい、金策に苦慮する人びとに多少なりとも役立つことを願いながら、

（みな、おだやかな新年を迎えられればよいがのう……）

と、人びとの笑顔を思い浮かべながら呟いた……。

二

懸案としていた伽藍再建とともに、天樹院さまの永代茶湯料が承諾され、温めてきた想いにもひと区切りをつけたわしは、つづけて転輪蔵堂の新築に着手した。

かねてより構想していたこの蔵堂は、経典の保管だけに用いるのではなく、仏道諸説や

先人に学ぶ書物の書架として、日々必要としたものじゃった。

そこで四方の堂のなかの書架を、八角形の回転式として、台座を回せば経典や書籍を探し出せるようわしが図面を引き、尾張から工人を招いて施工にあたってもらったのじゃ。

築造に従事する工人の鑿《のみ》や鉋《かんな》の音を耳にしながら、蔵堂の完成を楽しみに日々絵筆を手にするわしじゃったが、先にお奉行にお預けした百両から受け取る利子、年八両では当初の目的に対して些少《さしょう》であることも承知しておった。

（奉行に預けた百両から得る利子だけでは、再建した伽藍や、じきに出来上がる蔵堂の維持は難しいじゃろう。まして寺の日々の暮らしを支えるには覚束《おぼつか》ぬわ）

如何ほどの金子があればこと足りるのか、と思いはかりながら、わしはさらに画料の蓄財に勤しんだのじゃ。

三

蔵堂の造営の進む享和三年（一八〇三）。

弥生三月も六日（新暦四月二十八日）となった。

この日、明け六ツ（六時）過ぎに目覚めたわしは、眩いばかりに射し込む朝日に目を細めながら、今日一日も穏やかに過ごせることを願っておった。

（今日の日和のように、みなが一日、一日を平穏に過ごせればよいがのう……）

そんな独り言を東の空に呟きながら、人びとの暮らしに役立てようと百両を先の天樹院さま茶湯料としてお奉行にお預けしたが、檀家を持たない寂照寺を末永く守るとともに、仕える者たちの暮らしを、さらに支える金子の増額を思い立ったのじゃ。

着々と蓄えてきた画料はすでに四百両余り。

先に奉行に預けた天樹院永代茶湯料にその四百両を加え、合わせて五百両を託せば年四十両を受け取れる。とすれば伽藍は難なく維持でき、日々の暮らしもつつがなく送れるはずじゃと考えたわしは、さっそく着任して間もない奉行、筧越前守為規《かけいえちぜんのかみためのり》さまのもとを訪れた。

「先のお奉行、堀田土佐守さまにご承諾いただいておりました、天樹院さま永代茶湯料のこと、お聞き及びでございましょうか」

「うむ。土佐どのから聞いておるが……」

「ならば此度、先にお預けしております百両に加えて四百両をお預かりいただきとうございます」

「なんと、四百両とな」

「はい。是非ともお預かりいただきとう存じます」

「此度《こたび》も天樹院さまの茶湯料ということか」

「はい。なにとぞお聞き届けいただきたく、お願い申します」

奉行はいったん腕組みし、考えあぐむように目を閉じておったが、

「うーむ。山田に来て早々の拙者に、断をくだせと申すのか」

「はい。堀田土佐守さまに申し上げたとおり、その金子を低利で融通していただくことで、金策に苦慮する商人《あきんど》や、市井《しせい》の人々の暮らしの一助になればと思うての願いでございます」

奉行は再び目を閉じたが、やがてその目を開くと吐息をついた。

その様子に、わしはすかさず言葉をつないだ。

「お奉行さま。拙僧が描いた画料を蓄えた金子、なにとぞお役に立てていただきとうございます」

すると奉行は、意を決したように、

「よし。その申し出、承知いたそう」

新任の奉行ゆえ、しばし迷ったようじゃが、天樹院さまの名を出されると、異を唱えることはできず、申し出は渋々受け入れられたのじゃ。

（これで檀家を持たない寺の維持は保たれるはずじゃ。天樹院さまもご安心されること
じゃろうて……）

「定僊。今まで黙っておったがな。実はお奉行にはじめ百両、加えて今日は四百両をお預
けしてまいった」

「はい。なにゆえでございます」

「うむ。知っての通りこの寺は檀家をもたぬ寺じゃ。檀誉貞現大僧正さまから仰せつかっ
た伽藍の再建は、なんとか果たすことができたが、天樹院さまの菩提を弔うこの寺を守っ
てゆくためには、それなりの金子がいることはわかっておろうが」

「はい……」

「わしはそなたにこの寺を継いでもらおうと思うておるがどうじゃ」

突然の言葉に定僊は、しばし間をおいたのち深々と頭を下げ、

「重い責とは存じますが、ありがたくお受けさせていただきとう存じます」

「うむ。それでよい。そこでじゃ、寺を守るための金子がなによりも大事になろう」

「はい。おっしゃる通りでございますが、いまのわたしにはその方策が浮かびません」

「うむ。もっともじゃ。そこでわしが考えたのがその五百両じゃ。奉行に預けたその金子

を、商人や市井の人たちに貸しつけることで得る利子は、年に四十両ほどになろう。その金子で寺と、仕えてくれるものたちを守ってゆくことじゃ」

「なんと、ご住職の深慮。定僊いたみいります」

「うむ。あわせて貸しつけた金子は、人びとの商いや暮らしにも役立つはずじゃからのう」

その言葉に定僊は、六波羅蜜の禅定を修めたわしの、浅知恵のなせる行いと悟ったようで、ただただ畏《かしこ》まっておったようじゃ。

四

文化と改暦されて迎えた元年（一八〇四）。

五月上旬（新暦六月中旬）に梅雨入りしたこの年。晴れた日は数えるほどしかなく、しとしとと雨は降りつづいておった。

蔵堂の普請も思うようにすすまず、わしは軒下におよしが吊り下げた折り紙の、てり法師（てるてる坊主）を眺めながら、

（この時期、日照りつづきも困ったもんじゃが、こう雨がつづくと、お百姓も気がかり

じゃろうな）

と、独り言を呟いた。

すすまぬ普請よりも、農家の人々に気を揉む日々がつづいたが、六月十日（新暦七月十七日）となった薄曇りの朝、下男の伸助が、

「和尚さん。蟬が鳴きはじめましたなぁ」

「おお。元気に鳴いておるのう」

「これでもう梅雨明けですわ」

「ほう。蟬が鳴いたら梅雨明けか。お前はなんでも知っておるのう」

「へえ。子どものときに、爺さんに教わりましたんや」

「そうか。梅雨が明けたら今度は暑くなるのう。暑さは身体に堪《こた》えるわい」

互いに笑いながら、そんなやりとりをしていると、定僊が、

「ご住職。お奉行さまの使いの方がおみえです」

「なんと、お奉行の使いとな」

奉行の使いが訪れるなどまったく予期せぬこと。よからぬことでなければよいが、と考えながら応じると、

「奉行の文を持参いたしました。お確かめいただきご返答願います」

わしは手渡された文を開き、目を通すと口元に笑みがこぼれた。

「承りました。明日《みょうにち》お邪魔いたします。お奉行さまによろしゅうお伝え下され」

山田奉行、筧越前守の文には、

「貴僧の画を求める旧知の友がおる。御足労だが、奉行所にお越しいただけないか」

とあった。

そこで翌日。

わしは、どんな画を求められているのかと想い巡らせながら奉行所を訪れた。

「御坊を呼びつけるなど失礼とは思ったが、拙者も出歩くわけに参らず、お越し願ったのじゃ」

「いえ、お気遣いには及びませぬ」

「うむ。すまぬことじゃ。実は拙者の友がのう、貴僧の画の評判を耳にしており、ひとつたのんでくれんかと申しておるのじゃ」

「それはありがたいこと。して、どんな画をお望みでございましょう」

「うむ。聞けばな。そやつの妻女が病《やまい》に臥《ふ》せっておるそうでな。なかなか回復せぬ身に、気持ちも沈みがちとのことじゃ。そこでそやつは、妻女を元気づけるために虎の画を望んでおるのじゃ」

「虎の画でございますか」

「おお、虎の画じゃ。その妻女の干支が寅で、干支にふさわしい活気のある女《おなご》だったそうじゃが、床についてしまったことで気も沈んでおるのじゃろう」

「病は気からと申します。虎の画を眺めれば気もはれる、とのお考えでございますか」

「うむ、どうじゃ。ひとつその望みに応《こた》えてやってはくれぬか」

「承知いたしました。すぐにでも取り掛からせていただきましょう」

「すまぬ。よろしくたのむ」

（はて、お引き受けしたものの、わしは虎を見たことがない。どうしたものかのう）

虎、虎、虎……、と想い巡らせながら寺に戻ったわしは、

「伸助よ、どこかに虎はおらぬか」

「ええっ、虎ですか。虎といわれても、皆目《かいもく》見当がつきませんなぁ」

「そうじゃろうな。はて、困ったのう」

安易に引き受けてしまったおのれの軽率さを悔いていると、伸助が思いつきを口にした。

「和尚さん。猫ではあきませんか。猫なら大きさは違いますけど、形は虎に似てますやんか」

「うーむ、そうじゃな。よし、ひとつ猫を連れてきてくれ」

「へえ、わかりました」

伸助が連れてきた野良猫を前にして、わしはしばし考えた。

「伸助よ。すまぬがこの猫を、ちょっと怒らせてみてくれぬか」

「へえ。ひとつ頭をこづいてみますか」

頸《くび》を押さえられながら、頭を殴られた猫は、思ったとおり伸助に歯をむいて怒った。

じゃが、そんな行いを何度か繰り返してみたが、画につながるものではなかった。

「もうよいわ。猫がかわいそうじゃ。なにかうまいものでもやって放してやれ」

そういって筆を執ったわしは、仕方なく幾度か目にしたことのある虎の画を想い浮かべながら、猫の動きをもとに何枚か虎の画を描いてみた。

（虎と聞いて勇敢な姿を、とは思ったが、はて、それでよいのじゃろうか……）

想い巡らせながら庭に出てみると、餌をもらった野良猫がのんびり日にあたっておった。

（うむ。これじゃ、これじゃ）

急ぎ筆を手にしたわしは、その様子をもとに虎の画を描きはじめた。

人は誰もが虎と聞いて、勝手に獰猛な姿を思い浮かべるが、おそらく普段の虎はこの猫のようにおだやかであろうと思い、幾枚か筆を執ったのち、やがて前足を伸ばしてくつろぐ、優しい目をした虎を描きあげたのじゃ。

「うむ。よう描けた。これでよいわ。この画なら妻女を元気づけられるじゃろう」

描きあげた虎の画を急ぎお奉行に届けたのち、幾日かが過ぎた或る日のこと。

寺に一丁の駕籠がついた。

お奉行がお越しになったのじゃ。

「今日は画の礼に参った」

「わざわざお越しいただき恐縮に存じます」

「うむ。御坊にお描きいただいた虎の画、友の妻女もいたく喜んでおるそうじゃ。改めて礼を申す」

「拙僧の画がわずかでもお役に立てたとあればなによりでございます」

「うむ。久しく笑顔を見せなんだ妻女が、笑みを浮かべるようになり、まもなく床をあげられると聞いておる」

「それはようございました。拙僧もうれしゅうございます」

「うむ。して画の値はいかほどかと、友がたずねておるのじゃが」

「いや、値をいただくことはご遠慮申します」

「うーむ。それはなにゆえじゃ」

「はい。画がご妻女のお心を和ませ、病回復《やまい》のお役に立てたとのお言葉が拙僧の画料でございます」

「ふーむ。天樹院さまの茶湯料としての民への気遣いといい、此度《こたび》の画といい、拙者、御坊に頭が下がるわ。どうやらそなたの心のなかには、阿弥陀さまが宿っておられるようじゃのう。重ねて礼を申す」

「まだまだ未熟ものゆえ、六波羅蜜を修めるには至りませぬが、そのお言葉、修行の励みとさせていただきます」

薩摩藩主島津斉宣公の使者来訪

一

やがて四月《よつき》あまりが過ぎた。

時節は、ほんの少し色づきはじめた銀杏の葉が、深まりつつある秋を暗示するころとなった。

普請に、凡《およ》そ四年の歳月をかけた転輪蔵堂も、ようやく無事竣工した。

わしは、日に幾度も堂に入り蔵書に目を通すひとときを楽しみながら、ゆったりとした日々を過ごしておった。

（書を読むことは、先達の仏道を極めて会得された、諸説に学ぶことを修行の糧として、精進する心根を培ってくださる。こうして日々触れることの喜びと楽しみは、なにものにも代えがたいものじゃのう）

日々粗衣粗食、質素倹約の暮らしを変えることなく、師の関通さまから諭された衆生済度の方便とするために、乞われれば画料の多寡を問わず画を描きつづけておったが、禅を修し書を読むことが、幾度かの迷いも経て、貧《とん》、瞋《じん》、痴《ち》の三毒の煩悩を遠ざけ、穢《けが》れのない心で筆を執らせることに結び付いていた、と思うておる。


やがて時節は小雪を迎えた。

風に吹かれて散り始めた枯葉が、冬の足音を伝えているような或る日の昼下がり。以前、太助の悪さを許し、しばらく面倒を見てくれたうどん屋の与平が寺を訪れた。

「おお、与平さん。なんぞ用かいな」

と、境内にいた伸助が問うと、

「へえ。実は昨日立派なお侍さんが店に来ましてな。うどんを食べたあとで、和尚さんに画を頼みたいのやが、ぶしつけにお邪魔してもええもんかと聞かれたんですわ」

「ほうー、それでどないしたんや」

「うむ。有名なお坊さんやけど、遠慮はいりませんに。ただ、画の値段を決めてから描きはるお坊さんやから、それだけは覚えといてとゆうときました。近いうちにお邪魔するんと違いますか」

「そうか。おおきに。そんなら和尚さんにゆうとくわ」

「よろしゅうゆうておくんない」

弥平が帰った半刻（一時間）のち薩摩藩、九代藩主島津斉宣《しまづなりのぶ》公の使者として、江田と名乗る家臣が寂照寺を訪ねた。

「お訪ね申す。月僊どのはご在寺か」

応対した伸助が、蔵堂で書を開いていたわしに、

「さっきお話ししたお侍さんが来たみたいですわ」

そう聞くと本堂に戻り、その侍と対面した。

「拙僧が月僊と号す坊主じゃが、なに用でござる」

「拙者、薩摩藩家臣江田と申す者でござる。此度《こたび》主君の命を受けて参った。屏風《びょうぶ》一双分、何なりと随意の画題を描いてもらえぬか」

「屏風一双でござるか。して値はいかほどの画をお描きしましょうかな」

わしが例によって画料のほどを問うと、

（うーむ。昨日うどん屋に聞いたとおりじゃな）

と思ったようじゃが、江田は大藩らしさを誇示するように応揚《おうよう》に応えた。

「値は限り申さぬゆえ、十分な処を願いたい」

「うむ。しからば三日ほど滞在され、お待ちいただけるじゃろうか」

そこでわしは、伸助に路地を挟んで隣接する開業間もない旅籠《はたご》、麻吉《あさきち》へと江田を案内させた。

懸崖造《けんがいつく》りと呼ばれる、長峯の山の勾配に沿って建てられた、六層の建物である麻吉の大広間から眺める朝熊山、神路山は、神鎮まる町の威厳を思わせる景観を望むことができることから、わしは江田の滞在に相応《ふさわ》しい宿と考えたのじゃ。

その間に想を練ったわしは、やがて得意の松を描きあげた。

約束の日に、描きあげた松の画を書院に並べておいたが、寺を訪れた江田はその画の筆力の雄健さを眼にして、思わずため息をつくと、しばし眺めておった。

(うーむ。見事な画じゃ…。殿もお喜びのことじゃろうて…)

やがて江田は、画を巻き終えて辞去するにあたり問うた。

「して値はいかほどでござりましょうや」

わしは平然と口にした。

「さて、五十両ほどいただきましょうかな」

「……………」

その金額に、江田は声を出さんばかりに驚き、返す言葉を飲み込んだ。

江田は宿を出るとき予期した画料は、名を知られた画僧といえども田舎絵師。先ず五両、いかに高くとも十両にはなるまい、と推量していたのだ。

そこで十両を包み、黙って差し出すのが薩摩藩の度量を示すこと、とも考えたが、先に値を問われた件《くだり》を思い出し、とりあえず十両は包まずに出向いたのだ。

しかし、問うてみれば予期した値の五倍にも及ぶ五十両を求められたのだ。

予想もしていなかった高額に江田が仰天したのも無理はない。

だが、振り返れば「いかほどの画をお描きしましょうや」

と、問われた折、

「値は限り申さぬ」

と、申しておいたのだから仕方がない。

躊躇すれば薩摩藩に傷がつく。

おのれの不覚を苛みながら、やむなく五十両を置いて江田は薩摩へと帰った。

ところで、この話の顚末《てんまつ》は月僊の与《あずか》り知らぬこととなったが、以下の如く進展したことを記しておく。

二

屏風一双の画料として五十両を置き、おのれの浅慮《せんりょ》を苛《さいな》みながら、やがて国元に戻った江田は覚悟して君主に願い出た。

「なにとぞ拙者に切腹を申し付けいただきとう存じます」

「なに、切腹とは何事じゃ」

君主に問われた江田は、事の次第を詳しく述べた。

「命を受け、月僊どのに前もって値を定めず、揮毫を乞うたのは拙者の落ち度。五十両もの藩費を濫《みだ》りに致しましたこと、死罪は免れませぬ。なにとぞ切腹を賜りとう存じます」

持ち帰った画を君主に差し出したのち、切腹を願い出た江田を前にした島津公は、しばし暗然として江田を見つめていたが、やがて訳もなく怒りが湧き出した。

「腹を切ることはまかりならぬ。画も見るには及ばぬ。大事な家臣に切腹を覚悟させた画など見とうもないわ。下げておけ」

こうして画は日の目を見ることはなく下げられてしまった。

やがて三年の月日を経た文化三年（一八〇六）。

山田奉行の交代があって、享和二年から勤めた筧越前守為規が、小林筑後守《ちくごのかみ》と代わって江戸に帰った。

江戸にもどった筧越前守は、山田の土産話のついでに、月僊が画料をもって独力で伽藍を再建したこと。さらに蓄えた画料を官に託し、貧民救済の資《もと》に充てたことなど、諸々の善行を語り褒め称えたのだ。

すると話はしだいに広まり、やがて翌四年。

薩摩藩江戸詰め留守居役から、薩摩公の耳にもその話は届いた。

「月僊上人とは、それほど奇特な僧であったのか……」

すると、下げさせておいた画を顧みなかったことを悔い、江田に画を持参させた。

「うーむ。見ずにおいた画じゃが、この松に込められた月僊どのの想いが浮かぶようじゃ」

「拙者、改めて目にしても、この画の筆力は秀逸に存じます」

「江田よ。月僊どのは画料を貪《むさぼ》ったのではない。為《な》すべき処《ところ》があって金子を求めたまでじゃ。僧として実に立派なお人だったのじゃ。余《よ》も迂闊《うかつ》なことをしてしもうた」

その言葉に黙ってうなずく江田に薩摩公は、

「余は月僊どのを薩摩に招きたい。画は勿論、説法も聴きたい。そなたも苦労じゃが上人を招いて参れ」

命をくだされた江田は、参勤交代の折に勢州山田に立ち寄る算段をした。

だが所用によって立ち寄れず、二年後の文化六年（一八〇九）、梅雨明けを待つ五月も二十日（新暦七月二日）となって、ようやく山田の町を訪れることができた。

だが、そのときには、もう月僊は遷化して四か月余りが過ぎていたのだ。

門前の小僧からそのことを聞き、失望のまま帰国した江田は、その旨《むね》を君主に伝えると、薩摩公は落胆してしまったが、諦めきれずさらに命じた。

「ならば高弟を一人招きたい。すまぬがもう一度足を運んでもらえぬか」

さらなる命を受けた江田は、三度《みたび》山田に出向き寂照寺を訪れた。

「御坊ご存命の折、主命により揮毫を乞うて、松の屏風画をお描きいただいた薩摩藩家臣、江田と申す者でござるが、此度、藩主より御坊を招きたき思いあるも、すでに亡きこと誠に無念。ならば高弟を一人招きたき旨の命を受け参上いたした」

突然の申し出に、月僊亡きあと寂照寺第九世として住持していた定僊は、

「して、なにゆえに師の弟子を招こうとおっしゃるのでございます」

「うむ。それは御坊生前の画は元より、数々の善行を聞き及び、ご存命であれば御坊をお招きいたしたきところなれど、やむなく御坊の画を学び、志を引き継がれる高弟をとの願

いでござる」

「うーむ。予期せぬお申し出ゆえ、ならばしばし時間を頂戴し、拙僧なりに思案させていただきとうございます」

「なにとぞよき返答をお待ちいたす」

定僊は江田の申し出を受けてよいものかと深慮した。画の技量のみならず、師の人格を思えば、推挙するにふさわしい者に思い至らず。だが、薩摩公の願いを無にすることもできず、さまざま考えあぐねた。

その挙句、まだまだ師に及ぶものではないが、幼きころから上人に就《つ》いて学び、弟子のなかでも最右翼だと師も認めておられた月窓《げっそう》に、その任を与えようと考えた。

「月窓よ、よく聞け。薩摩公の使者がお越しになり、師の技量と志を継ぐ者を招きたいとのお申し出があった。わしは、そなたにその任を与えようと思うが、どうじゃ」

「…………………」

「突然の話に驚くのも無理はない。じゃがせっかくの申し出じゃ。受けてみてはどうじゃ」

「…………定僊さま。しばし考えさせていただきとうございます」

「うむ、よかろう。そなたの生涯に係わることじゃからのう」

予期せぬ言葉を聞いた月窓はしばし困惑したが、落ちついてひと夜熟考したのち、翌朝定僊に伝えた。

「お話しいただいた薩摩公のお招き、お受けしとうございます」

「おお、そうか。それはなによりじゃ」

「はい………」

「じゃが月窓、そなた薩摩公にお仕えするからには心して励めよ。決して師の名を汚《けが》すことなどなきようにな」

「はい。精進いたします。つきましてはひとつお願いがございます」

「なんじゃ、申してみよ」

「はい。師がお使いになった絵筆を一本、いただきとうございます」

「うむ。師を偲ぶよすがとしようというのか。よかろう」

月窓は江田に伴われて薩摩に赴き御抱《おかかえ》絵師となり、晩年は江戸の薩摩屋敷に暮らし、慶応元年九十三歳の長寿を以て没している。

宇治浦田の大火に施銭する

一

　さて、薩摩藩五十両の屏風絵が招いた顚末から再び文化元年に話を戻したい。

　朝夕の冷え込みに、紅葉していた木々の葉も、あらかた散ってしまった十月二十五日（新暦十一月二十四日）のことじゃった。

　わしが、財施に動かねばならぬ出来事が、身近に起こってしもうた。

　晩秋の北風が吹き付ける寒い夜の火事じゃ。

　夜坐を終えたわしが、妙に胸騒ぎを覚えて外に出てみると、南の方角に炎が上がっておった。

「定僊、定僊」

　叫ぶように定僊を呼び起こし、

「南の方角が燃えあがっておる。かなりの火の手じゃ。すまぬが様子を見てきてくれぬか」

「はい。承知いたしました」

駆け出した定僊が牛谷坂を下ると、宇治浦田の町は激しい炎に包まれており、近づくことさえできず、取り急ぎ戻った定僊は、

「火事は宇治浦田のようです。手の施しようのないほど燃えており、近づくことも難しいほどです」

「そうか。宇治浦田か…。あの辺りは人家も込み合っておるのう。辛いことじゃが一刻も早い鎮火を祈ろうぞ」

そう語り、わしは定僊に休むように伝えたが、宇治浦田の界隈には画を揮毫した御師の館も少なくなく、また親しい知人の様子も気がかりで、眠ることなどできず夜を明かした。

翌朝まで燃え続けた火も漸《ようや》く治まりを見せたころ、出務してきた伸助に間をおかず宇治浦田へと走らせた。

「伸助。すまぬが火事場の様子を見てきてはくれまいか」

「へえ。火も治まったようやで、さっそくいってきますわ」

急ぎ駆け付けた伸助は、焼け跡を眺めながら互いに慰め合っている人たちに、類焼した家屋の軒数を訊ねてみた。

「そうやなぁ。だいたい百二、三十戸くらいになるやろか。町の大方が焼けてしもたんやからな」

「うむ。風も強かったしなぁ。あっという間に広がってしもたんや」

そう聞いて戻った伸助から、わしは焼け出された人たちの話を聞き、冬の寒さに向かう時節に罹災《りさい》した人たちを思うと、迷うことなく蓄えておいた金子の箱を取り出し、急ぎ出かける支度をした。

「ご住職。急いで何処へいかれます」

「宇治浦田に行くのじゃ。決まっておろうが」

「火事見舞いなら、少し落ち着いてからでもよろしいのでは」

「いいや。大事のときこそ、くだくだしくものを考え、迷う前に先ず動き出すのじゃ。伸助と一緒にその箱の金子をもってわしについてこい」

定僊と伸助に金子を持たせたわしは、自治役所の宇治二郷年寄を訪れた。

「昨夜の火災、まことに気の毒なこと。心よりお見舞い申し上げますぞ。拙僧にできることには限りありますが、どうか罹災された家々の当座の凌《しの》ぎに、金一両と米一俵をお配りいただきとう存じます」

そういうと、わしは持参した百六十両余りを差し出した。

「なんと、多額の金子を……」

「いや、百戸余りの家屋が焼けてしもうたと聞いておりますゆえ、どうぞお使いくだされ」

「それはありがたい。ご住職のお気遣い、畏《おそ》れいります。当方でお預かりしてお申し出の通り扱わせていただきます。この施しに皆も喜ぶことでしょう。町衆に代わって御礼申し上げます」

「いや、これは施しではござらん。拙僧に与えられた役目を果たすまでのこと。お気遣いなど無用でござる」

二か月後に正月を迎える罹災者にとってこの行いのありがたさは言うまでもなく、焼け野原の町の人々の沈んだ気持ちに、ひと筋の光を与えるものとなった。

かつて強欲坊主、金の虫、果ては乞食月僊とまで蔑《さげす》まされながらも、困窮する人々に財施をはじめ、数々の行いを敢えて伏せ、陰徳を積んではきた。

だが、やがてその行いが世間に広く知られるに従い、その評判は高まり、僧として、画人として、市井の人びとに敬われることに結びついていったのだ。

二

明けて文化二年（一八〇五）。

初詣で賑わう神宮門前の宇治浦田の町では、わしが昨年末の大火で罹災した人々を、少しでも救済しようと財施したことが伝わり、その善行はさらに広まっておった。

じゃが、そんな評判など意に介さず六波羅蜜を修め、衆生済度の方便とするために、乞われれば、値を問わず画を描きつづけておったが、天樹院さまの菩提を弔う伽藍を再建したのちも、心のなかにひとつの懸案が残されておった。

それは伽藍の総標である山門が完成して四年余りの月日を経ても、山号額を掲げることができずにいたからじゃ。

わしは伽藍に着手する以前から寂照寺の山号、栄松山を標《しる》す額の文字を、どなたに揮毫していただけば天樹院さまの菩提寺として相応《ふさわ》しいかを常に考えておった。

というのも、玄瑞として円輪寺で得度し、僧籍に入ったのち師の関通さまから、あるとき寺の山門についての教示を受けておったからじゃ。

「よいか玄瑞。この寺の山門には究竟山《くきょうざん》という山号を標《しる》した額が掲げてあることは存じておるな」

「はい。存じております」

「山門は伽藍を示す一番重きを置くものじゃ。そなたものちに、ほかの寺を訪うことが幾度となくあるはずじゃが、その折は山門に掲げられた山号額を仰ぎ見て、その由来と揮毫された方を敬いながら、くぐらせていただくことを忘れてはならぬぞ」

「山号を掲げた額の文字を揮毫された方が、どなたであるかも大切なのでございますか」

「うむ。どなたが書かれた字であるか。それによって寺の格式が表されているといってもよいじゃろう」

若き日に聞かされたその教えに従い、わしは伽藍再建に着手する前から、山号額の揮毫をどなたにお願いするべきか、と常に思案しておった。

知恩院大僧正さまに願うことが道理であろう、とも考えてみたが、葵のご紋の付いた天樹院さまの菩提寺としての格式を示すために、さらに相応しい人物の存在を自らの歩みを振り返りながら思い巡らせておったのじゃ。

そんな或る日。乞われた画を描きあげ、絵筆を置いてひと息ついたわしは、三日か四日ごとに浸っていた湯にゆっくり肩を沈め目を閉じておると、ふと妙法院宮真仁法親王《みょうほういんのみやまさひとほうしんのう》さまのお顔が頭に浮かんだ。

入山以来折に触れ、知恩院を訪れに京に出向いておったが、数年前に上洛した際、知恩院大僧正さまの紹介で、光格《こうかく》天皇の弟君である法親王さまに拝謁《はいえつ》したのじゃ。

その折には、求められて揮毫もし、漢詩を詠むなど雅談《がだん》も数刻に及んで以来、雅友《がゆう》として賀詞を交わさせていただく仲となっておった。

（そうじゃ、法親王さまにお願いしよう。それがよい、それがよい。まだお若いが天台座《てんだいざ》主《す》となり一品《いっぽん》に叙せられておる。また学徳にもすぐれた能書家であらせられる。このお方に揮毫いただけば勅額《ちょくがく》に次ぐ位となるはずじゃ）

わしは、ようやく確信のもてる人物を心に決めると、早速上洛して法親王さまのもとへと上がり、伽藍再建にともなう山号の揮毫を願い出たのじゃ。

「寂照寺入山以来、悲願としておりました伽藍再建にようやく着手させていただく運びとなりました」

「おお、それはなによりでござる」

「つきましては、まことに畏《おそ》れ多いこととは存じますが、法親王さまに山門額に山号を記《しる》す文字の揮毫をお願いいたしたく、参上仕りましてございます」

「うむ。そうか。御坊のたのみとあらば喜んで揮毫致そう」

「ありがたきお言葉。何卒よろしくお願い申します」

じゃが、申し出を快くお受けいただいたものの、その場で筆を執ってもらうことはなかったのじゃ。

それでも、わしは想いの叶ったことで胸を撫でおろし、後日お送りいただけるものと承知してその場を辞したのじゃった。

じゃが、伽藍の施工は着々と進み、山門、大殿、庫裡、宝蔵、書院などが竣成し、仏式を済ませた翌年。竣成を伝える文を添えた新年賀詞をお送りしたが、それでも揮毫が届くことはなかったのじゃ。

伽藍竣成のち、凡《およ》そ三年余りの歳月をかけて建立した蔵堂には、仏道修行に禅をすすめられ、精神的に成長させていただいた相国寺の長老大典禅師さまの筆で、心の光明の無尽《むじん》蔵《ぞう》であることを目指す言葉、「大光明蔵《だいこうみょうぞう》」と揮毫いただいた四大字の扁額《へんがく》はすでに掲げてあった。

じゃが、法親王さまの揮毫は叶わぬまま、やがて七年という月日だけが流れていったのじゃ。

わしの胸には多少の焦燥もあった。じゃが、山号額を打たないまま黙して過ごしておった。

（案じても仕方ない。待てばよいのじゃ……）

折に触れ、そう自分に言い聞かせておったわしに、やっと喜びと安堵の知らせが届いた。

今年、法親王さまの新年賀詞に、「春には勢州山田に至る」と添えられていたのじゃ。

その通知は、両宮へも届けられていたようで、そのことを知った町集に喜びの輪は広がり、山田の町は大いに賑わいをみせたが、わしにとっては格別の思いのする報《しら》せじゃった。

三

やがて寒さも遠のき、陽の光にぬくもりを覚える春分を迎え、日毎《ひごと》暖かい日射しに包まれはじめた或る日のことじゃ。

待ちに待った法親王さまが、二十余人の供をつれて宮川の渡しを渡御《とぎょ》された。

神宮神官、山田奉行をはじめ、その他大勢が出迎えるなかに、この日ばかりは身なりを整えたわしも参列しておった。

法親王さまは、その一行のなかにわしを見出すと、おもむろに歩み寄ってこられた。

「久しゅう逢えずにおったが、御坊も息災でござったか」

「おかげさまで、日々安息に仏道修行に励んでおります」

「うーむ。なによりじゃ。朕《ちん》も折に触れ御坊の画を目にしながら、この日を楽しみにしておったぞ」

「ありがたきお言葉。お越しいただきましたこと、玄瑞この上なき喜びにございます」

法親王が、しばし親しく言葉を交わされている様子に、出迎えた多くの人々は目を瞠《みは》り、小声を交わす静かなざわめきは、法親王が出立したのちも留《とど》まることはなかった。

「これはいったいどういうことや…」

「うむ。なんで法親王さんと月僊さんは、あんなに仲よう話しとんのやろ」

「不思議なことや。そやけど月僊さんはそんなに偉い人やったんか……」

「知らんだなぁ、そんな偉い人やったんか」

「いやぁ、画を描いて貯めた金子を渡しとるよってとちがうか……」

「ふーむ。そうかもしれんなぁ……」

そんなやりとりを小耳に挟んだ奉行の筧越前守は、

「馬鹿もの。なにをゆうておるのじゃ。そなたらの卑しい考えなど失礼極まりないぞ。あのお方は蓄えた画料を一切おのれのものとせず、人のため、町のために尽くしていただいておることをそなたらは知らぬのか」

「ええっ、そうなんや。知りませなんだ」

「わしも知りませんだわ」

「うむ。ならばこれからは心して接することにせよ。よいな」

神宮に拝謁《はいえつ》をすまされた法親王さまが宿泊する御師、龍太夫邸に伺候《しこう》したわしは、随行の画家、呉月渓《ごけっけい》と共に法親王さまの無聊《ぶりょう》の慰めにと筆をとり、また詩歌を詠むなどして過ごした。

和やかなひと時も夜が更けはじめ、やがて法親王さまが少し疲れた顔をお見せになると、わしは龍太夫邸を辞する旨をお伝えした。

「心うれしきひとときでございました。今宵はここで拝辞させていただきます」

「うむ。そうか。明日は御房に参って約を果たすぞ」

そう呟かれたひと言を、山号額の揮毫にほかならない言葉と受け取ったわしは、深々と頭を下げ、口元を綻ばせながら静かに告げるのじゃった。

「お待ち申しております」

明けて迎えた朝五ツ半（午前九時）、法親王さまは奉行所から警護に差し遣わされた同心に守られ、多くの供をつれて寂照寺にお越しいただいた。

山門や大殿、庫裡を眺められた法親王さまは、

「立派な伽藍じゃ。天樹院の菩提を弔うに相応しいぞ。御坊の想いが届いておるようじゃな」

「末永く葵のご紋を汚《けが》さぬ寺でありとうと存じ、普請いたしました伽藍でございます」

応えたわしには、入山当時の荒れた寺の姿が一瞬頭を過《よぎ》り、法親王さまのお言葉のありがたさを噛みしめておった。

法親王さまと共に、再会までの過ぎ去った日々を振り返りながら、互いの心情を語りあう歓談は尽きることなく、凡《およ》そ半日に及んだが、やがて約束の山門額に掲げる「栄松山」の三大字を揮毫いただいたのち名残をつげられた。


妙法院宮真仁法親王が、寂照寺を訪れたことは、山田の人々にとって衝撃的な出来事だった。

「山号額の文字を、わざわざ寂照寺に赴いて書かれるとは、月僊さんと余程深い交わりがあるに違いないな」

「なんでや、月僊さんはそんなに偉い坊さんなんか」

「それはいろんな施しをしてくれとるからと違うか」

「そやけど画を頼むと、いくらの画をと、すぐ口にする坊さんやのに、不思議なことや」

宮川の渡し同様に、口々にそんな話が広まってゆき、かつての悪評などなかったことのように、人々が月僊を敬う気持ちは深まっていった。


やがてひと月のち。

日射しに初夏を思わせる爽やかな朝。

妙法院宮真仁法親王さまに揮毫していただいた山号額を、いよいよ山門に掲げる日を迎えた。

定僊をはじめ門人らが控えるなかで、工人の手で厳粛に掲げられた山号額を見上げておったわしの目には、ようやく伽藍の完成を見た喜びに、うっすらと涙が滲んでおった。

知恩院大僧正さまから承った使命を果たし、おのれの生涯にひとつの区切りがついたことに安堵したのじゃろう。

大僧正さまに命じられた責務を果たしたことで、肩の荷を下ろしたわしは、次に関通さまから諭された教えを成就させる、もう一つの悲願を成し遂げる財施を実行に移すため、さらに画に励もうと意気込んでおった。

仏道は人の心の救済を本旨とするが、日々生きることに困窮しておれば、心の救済など及ばぬこと。

いかにして貧民の救済を恒久的に続けることができるか、常々考えておったわしは、伽藍維持のため天樹院さま永代茶湯料として、官に託した金子から得た利子を充てようとしたことと同様、財施によって末永く貧民を救済したいと考えておったのじゃ。

恒久的貧民救済

一

時は流れ、文化三年（一八〇六）も足早に冬を迎えた。

日中の思わぬ暖かさは影を潜め、はやばやと傾いた日射しが山門の影を長く落としている。

暦は霜月から師走へと移ろうとしていた。

（今年も暮れようとしておる。光陰流水《こういんりゅうすい》、月日の経つのは早いものじゃのう。わしも年が明ければ齢《よわい》六十六じゃ。ゆるりと構えておるわけにはまいらぬわ）

やがて師走も十七日となった。

悲願とする末永く窮民を救済する財施に猶予がない、と考えたわしは、蓄えた画料千両余りを拠出するために、九月に寛越前守から交代した奉行、小林筑後守正秘《ちくごのかみまさやす》さまに書簡を送ったのじゃ。

気持ちが前のめりのまま、幾度か突然訪れてきた奉行所じゃったが、此度《こたび》ばかりは慎重を要すると考え、新任の奉行ゆえ書面で面談を乞う旨を伝えたのじゃ。

するとと、まもなく面談に応じると伝えられた日の朝。

めずらしく山田の町に降った雪に、神路山も薄化粧をしておった。

下男の伸助らにもたせた千両とともに寺を出ると、目にした雪景色がお奉行に願い出る財施の想いをあと押ししてくれているような気がしたわしは、思わず口元をほころばせて、「うーむ」と、おおきくうなずいたのち歩きはじめると、わずかに積もった雪の道端に、凛と咲く水仙を目にした。

かつて知恩院に上がり、大僧正さまから寂照寺入山をうながされたさい、目にした床の間の水仙の清楚な佇まいと、重ね合わせるようにしばし眺めておった。

（今日はあの日覚悟した、この地における仏道修行の仕上げとなるやもしれん……）

関通さまから諭されたお言葉を、いかにして成就させればよいのか、と考えつづけてきたわしが、たどり着いた此度の申し出にはその意がこめられておったのじゃ。

二

やがて宮川右岸、小林《おはやし》の奉行所につくと内与力に迎えられ、書院に通されたのち伸助らとともに平伏して奉行と対面した。

「そなたが月僊と申されるご僧侶でござるか……。聞けば真仁法親王《しんにんほうしんのう》さまと近しいというではないか」

「はい。雅友といえばおこがましいのでございますが、近しくしていただいております」

「ふーむ。そうでござったか。ならば貴僧に軽々しく接するわけにはまいらぬな」

「いえ、滅相もございません。ごらんの通り、むさ苦しい坊主でございます」

「して、今日お越しいただいた用向きは……」

「はい。ご着任間もないお奉行さまのお手を煩わすこと、まことに恐縮でございますが、ここに千両を持参いたしました」

「な、なんと千両とな……」

奉行は、突然の申し出にしばし沈思しておったが、しばし間をおいたのち、

「ふうむ。して、その金子をいかがいたそうと申すのでござる」

「はい。前任の筧越前守さまにお取り扱いいただきました永代茶湯料同様、天樹院さま菩提のためとして、今まで通り貸し付けのご手配をお願いしとうございます」

「うむ。その茶湯料のこと、越前どのより聞き及んでおったが、なんと此度《こたび》は千両でござるか…」

「はい。その金子から得る利子を、困窮する者たちを救済するための資《もと》として、お使いいただきとうございます」

「うむ。その千両から得る利子を、困窮するものたちに施すと申されるのか。なるほど。御坊のお申し出、まことにありがたいことじゃ。じゃが、拙者の一存で決めるには荷が重すぎる。しばし待ってはいただけぬか」

「はい。お待ちいたします。なにとぞよきお計らいをいただきますよう、重ねてお願い申し上げます」

「うむ。その金子、一旦預からせていただく。それでよろしいかな」

「はい。お預かりくださいませ。よろしくお願い申し上げます」

貧民救済の功を天樹院に、と考えての願い出であったが、奉行は千両という大金を一存では扱いかねたのだ。

しばし思案ののち、筑後守は申し出の趣旨とともに、大金の扱いについて江戸老中へと伺いを立てた。

だが、待てども、待てども、その伺いの返答は返ってこなかった。

幕府は諸般の事情から、審議に手をつけることを後回しにしていたことで、返答は遅れに遅れてしまったのだ。

伺いを立てた奉行も、おのれに落ち度があったのか、と気を揉む日々がつづいたが、翌四年（一八〇七）、伺いから三百日余りを経た十月二十三日。

やっと老中青山下野守《しもつけのかみ》ほか二名の連署による許可状が届けられた。

しかし書状には、奇特の願い出であることから許可するが、天樹院菩提のためという名目ではなく、貧民慈悲の志、という名目で寄託を受けよとの通達だった。

そこで奉行は、この金子を月僊金と称することとし、越前守から聞いていた自治役所の宇治郷年寄と山田三方会合に預けた。

受けた役所は多額の金子に驚きもしたが、前例通り山田の町独自の兌換紙幣《だかんしへい》を扱う羽書《はがき》仲間に貸し付け、さらに信用のおける商人らのもとへと渡っていった。

金利は年一割と決められ、年末に納めることと定められた。

このころの高利貸の金利は年に換算して五割を超えており、年一割の金利は当時としては破格の低利で、借り手の救済にもつながった。

その恩恵に商人らは大いに喜び、商いの資として盛んに利用したのだ。

深まりゆく秋の日。

ようやく幕府の許可を得て、悲願とする貧民救済の道筋がついたことで、

（これで貧しき者たちを、いくらか救済することができるじゃろう……。関通さまの教えに沿う手はずはととのうたわい）

軽やかに浮かぶ空の雲を眺めながら、困窮する人々の救済と、商人《あきんど》らの金繰りの一助にもなることに安堵したわしを、小春日和の暖かい日射しが包んでおった。

入寂に至る

一

月僊金も一年を経た文化五年（一八〇八）閏《うるう》六月（新暦七月）。

定月大僧正さまから賜った雅号から、筑後守が月僊金とした呼び名に面映《おもは》ゆさがあったが、先の千両に安堵することなく、困窮する人々の暮らしをさらに支えようと、わしはなおも画を描きつづけ蓄財に励んでおった。

この日。

わしは朝の読経を終え、おときが淹れた茶を飲みながら、過日描きあげた画の画料を加えると、蓄えた金子は五百両余りとなっておることに気付いた。

（うーむ、五百両になっておるのか。ならばさっそく……）

そう呟いたわしは、立ち上がると急ぎ仕度をし、その五百両を伸助にもたせ、先の千両に加えたき旨を再びに奉行に申し出ようと出向いた。

朝のうちに降った雨もやみ、奉行所に着くころには暑苦しいほど晴れわたっておった。額の汗をぬぐいながら訪いを告げると、顔馴染みとなった内与力の案内で、お奉行のもとへと足を運んだ。

「おお、月僊どの。よう参られた。して今日の用向きは……」

「はい、お奉行さま。ここに五百両を持参いたしました。さらにお手を煩わせること恐縮でございますが、ご手配賜った先の千両に加えてお使いいただきとう存じます」

「ふーむ。なんと、さらに五百両とな……」

「はい。是非にもお使いいただきとう存じます」

「うむ。ありがたいことじゃ。お預かりいたそう。拙者、先の越前どのより聞いておるが、やはり御坊の心のなかには、阿弥陀さまが宿っておられるようじゃのう」

口元をほころばせながらお奉行は口にされたが、

「いえ、畏《おそ》れ多いこと。仏道修行に限りはございませぬ。まだまだ未熟ゆえ、お言葉に適《かな》うよう修行に励ませていただきます……」

「うーむ。立派なことじゃ。拙者、御坊を敬って余りある所存じゃ……」

奉行は、先に幕府の許可も得ていることから、間を置かず五百両を預かる旨を了承し、合わせて千五百両から年末に得る利子、百五十両が窮民に分かたれることとなった。
この月僊金を受けることのできる窮民は、
嫁、娘一人で、老父母を養いかねる者。
病身の後家で育てる子どもも幼く、家業のない者。
独身で長患いをしている者。
年老いて日々の暮らしのできかねる者。
などと定められていた。

二

毎年、年末に得る利子、百五十両が窮民救済につながるとして、長年の想いを遂げたわしじゃったが、七夕《しちせき》の節句を過ぎたころから、積年の疲れからじゃろうか。身体の不調を覚え、白露を迎えてなお残る暑さにも苛《さいな》まれてしもうた。

（ふうむ……。齢《よわい》六十八ともなれば仕方のないこと。わしの行く末もそう長くはないやもしれんのう……）

わしは、そんな弱気でどうする、とおのれを叱責してはみたが、描きはじめた画に意識が向かっていないことに気付くと、老いて愚作を残すこと避け、禅を修し、蔵堂に入って書物を手にとるなど、一日一日を静かに過ごしておった。

それは、衆生済度の方便とするために画を描き続けてきた日々を、懐かしむように振り返る日々でもあったのじゃ。


やがて時節は霜降を迎え、秋も深まりはじめ、朝夕の冷えを覚えるようになると、体調はさらにすぐれなくなってしもうた。

そんな或る日。

西の三郷山《さんごうやま》に釣瓶《つるべ》落としのように沈む太陽を眺めながら、たとえようのない寂寥《せきりょうかん》感を覚えたのじゃ。

(嗚呼《ああ》……。あの夕日のように、どうやらわしも沈むときが遠くはないようじゃな……)

独り言のように呟き、ふうーっと息を吐きながら肩を落としてしもたのじゃ。

日毎夜毎《ひごとよごと》に余命が細ってゆく心もとなさに、幼きころにおのれの弱さを知って、自分を律することの難しさを知ったゆえに、わしは強く生きねばと努めてきたが、身体の不調はいかんともしがたく、日を追うごとに憔悴《しょうすい》してゆく身体を受け入れざるを得なかったのじゃ。

それは諦観《ていかん》に近いものじゃった。

仏弟子として歩んだ道に後悔はなかったが、衆生済度の方便にと、画料を求めて画を描きつづけてきた絵師として、筆を断ってしまったことが心残りであり、また、仏弟子として人の道を説くことに言葉足らずであったことも悔やみながら、やがて床に臥すようになってしもうた。

わしは床の中で、おのれの生き方はこれでよかったのじゃろうか、と、ふと問えるものなら師の関通さまに問うてみたい、などと自分の歩んできた道を彷徨《さまよ》うように、時折朦朧《もうろう》としていることにも気付いておった。

（嗚呼《ああ》……、往時茫々《おうじぼうぼう》じゃのう……）

生死事大《しょうじじだい》、光陰可惜《こういんおしむべし》、無常迅速《むじょうじんそく》、時不待人《ときひとをまたず》……。いつか大典さまが呟かれた言葉を目を閉じて唱えながら臥床《ふしど》に身を横たえておったが、ふと思うところがあって弟子の定僊を枕頭《ちんとう》に呼び寄せた。

「よいか定僊。わしの画料も少しは残っておるはずじゃ。そなたから皆に分けてやってくれぬか」

「えっ。なにゆえでございます」

「うむ。どうやら、わしの行く末も長くはないようじゃ」

「そんな弱気を仰らずとも、まだまだご住職には……」

「ははは。死にゆく者がこの世に未練を残してどうするのじゃ」

「…………………」

「残るものたちに、わしからの礼じゃとゆうて、みなに分けてやってほしいのじゃ」

「みな、と申されましても」

「うむ。弟子や世話を掛けた伸助、それに賄いのおときらに、そなたの裁量で渡してやってくれぬか」

「……はい………。承知いたしました」

定僊は、師が死を覚悟していることを悟ると、無常観に苛まれながらも、与えられた役務を果たすことを約した。

目にうっすらと浮かんだ涙をこぼさぬように、幾度も瞬きをする定僊を見たわしは、やさしくうなずくと、さらにつづけた。

「定僊よ。やがて入寂の時を迎えようとする今思うのじゃが、振り返ればわしの一生はどれもが束の間の出来事じゃったような気がする。悔いることなどひとつもない、といえば嘘になるが、衆生済度の方便として画を描くことに迷いはなかった。じゃが日々の行いに迷うことや悔やむことも幾度かあった。人間というものは、思うようにいかないものじゃのう……」

「……………………」

「お奉行に預けた金子が、末なごう困窮する人らの役に立てばよいがのう」

「ご住職の尊い想いが、末長くつながってゆくことを見守ってまいります」

「おお、頼んだぞ……」


やがて新年を迎えて、暦は十二日となった。

臥床のなかで閉じていた目をあけ、天井の一角を見上げながら、

（いよいよわしにも、そのときが来たようじゃな…。これまでわしを生かしめたすべてのものに感謝をささげて生を終えればよいわ……）

と、悟ったように呟くと、師の関通さまが微笑みながらうなずく姿が浮かんだのじゃ……。

終焉《しゅうえん》に臨んでわしは弟子たちを集め、か細い声でゆっくりと伝えた。

「わしは仏弟子となったのち、師の関通さまに諭された画を衆生済度の方便とする誓いを立てて、まわりの人々の暮らしが安寧であることを願い、町の窮状や困窮する人々に少し

でも役に立つことがわしの勤めじゃと思うて今日まで生きてきたが、世のなかは口で言うほどやさしいものでもない。じゃが心に想うことは成就する。諦めてはならぬ。想いつづけて精進すればいつか叶うものじゃ。そのことを忘れることなく、仏道修行に励めば悟りも開け衆生済度のために尽くすことができるじゃろう。あとは頼むぞ……」

そう語ると静かに眼を閉じ、六十九年の生涯を閉じた。

画僧として飄々《ひょうひょう》と弊衣《へいい》をまとい、粗食に徹しながら、画料のすべてを一切おのれのものとはせず、人のため、町のために尽くしながら、堂々と暮らした月僊であったが、それは、師の関通上人に諭されて覚悟した、初心を貫き通すことであり、人として生まれ、僧として生きる矜持《きょうじ》でもあったのだ。

月僊が生涯を通して真に求め続けた報酬とは、市井の人々の笑顔と安息だったのだろう。

月僊金は、のちに六十年余、町の盛衰を眺めながら活用され、さらに明治元年（一八六八）十二月、山田奉行所より明治政府によって度会郡山田一ノ木町（現・伊勢市一之木町）に設置された度会府に引き継がれた。

時代が昭和へと移ると、月僊上人の遺徳を偲ぶとともに、その想いを後世に伝えようと、市民らの発意によって月僊金への浄財寄進も加わり、今も伊勢市の財政にその名は引き継がれている。

画僧月僊の想いは、今も伊勢の町に息づいているのだ……。

■参考文献　浜口良光著『画僧月僊』伊勢合同新聞社　昭和三十六年刊

著者プロフィール

桃屋 乗平（もものや じょうへい）

昭和二十五年、三重県伊勢市生まれ。
昭和五十四年、三重のタウン情報誌「月刊 Simple」創刊、現在に至る。
伊勢神宮をはじめ地元著名人に関する寄稿文多数。
筆名は写真家、淺井愼平氏が名付け親。

画僧月僊足跡録

2024年３月15日　初版第１刷発行

著　者　桃屋 乗平
発行者　瓜谷 綱延
発行所　株式会社文芸社
〒160-0022 東京都新宿区新宿１－10－１
電話 03-5369-3060（代表）
03-5369-2299（販売）

印刷所　図書印刷株式会社

ISBN978-4-286-25101-1